오늘을 생애 최고의 날로 사는 법

오늘을 생애 최고의 날로 사는 법

초판 1쇄 인쇄 2011년 02월 01일
초판 1쇄 발행 2011년 02월 08일

지은이 ┃ 이수원
펴낸이 ┃ 손형국
펴낸곳 ┃ (주)에세이퍼블리싱
출판등록 ┃ 2004. 12. 1(제315-2008-022호)
주소 ┃ 서울특별시 강서구 방화3동 316-3번지 한국계량계측협동조합 102호
홈페이지 ┃ www.book.co.kr
전화번호 ┃ (02)3159-9638~40
팩스 ┃ (02)3159-9637

ISBN 978-89-6023-532-8 03810

오늘을 생애 최고의 날로 사는 법

이수원 지음

ESSAY

내 생애 최고의 순간은 바로 지금

저명한 미술품 수집상이 피카소의 화실을 찾았습니다. 열심히 그림에 몰입하고 있는 피카소에게 물었습니다.

"선생님! 지금까지 그리신 작품 중에서 최고의 작품은 어떤 것이지요?"

피카소는 수집상을 돌아다보며 단호한 어조로 말했습니다.

"그야 당연히 지금 그리고 있는 바로 이 작품이지요!"

수집상은 그 작품을 자세히 살피면서 완성되면 꼭 수집하려고 마음먹었습니다. 그러나 완성된 작품을 나중에 면밀히 검토했지만 피카소 최고의 걸작은 아닌 것 같아 구입을 망설였습니다. 다음 기회에 피카소의 화실을 찾은 수집상이 최고의 작품에 대해 다시 묻자, 피카소는 역시 단호하게 대답했습니다.

"지금 그리고 있는 바로 이 작품입니다!"

피카소는 작품 때마다 매 순간 생애 최고의 걸작을 완성하는 마음으로 몰두했던 것입니다. 우리도 일상생활에서 그렇게 할 수 있습니다. 아침 준비를 하면서 생애 최고의 식사를 만드는 마음으로, 집 앞을 빗자루로 쓸면서도 피카소가 그림을 그리는 기분으로, 리포트나 서류를 작성하더라도 생애 최고의 작품을 만드는 심정으로 몰입하고 즐길 수 있습니다.

톨스토이는 매 순간 행복한 삶을 위해서는 다음 3가지를 수시로 자문해야 된다고 말합니다.

이 세상에서 가장 중요한 때는?

이 세상에서 가장 중요한 사람은?

이 세상에서 가장 중요한 일은?

가장 중요한 때는 바로 지금이며,

가장 중요한 사람은 자신 및 지금 함께 있는 사람이며,

가장 중요한 일은 지금 하고 있는 일입니다.

이를 명심하고 실천하기 위해서는 어떻게 해야 할까요?

첫째, 매 순간을 소중하게 보내기 위해 그 순간 알아차려야 합니다. 우리는 주어진 상황 대부분을 알아차리지 못하고 무의식

적·타성적으로 반응하여 에너지를 낭비하고 후회합니다. "오늘 하루는 어제 죽어간 사람이 그렇게 살고 싶었던 하루이다"라는 말도 있는 것처럼 매 순간을 보석처럼 소중하게 보내려면 그 순간 알아차려야 합니다.

대화할 때 알아차리면 경청할 수 있고, 식사를 하거나 쇼핑할 때 알아차리면 절제할 수 있습니다. 공부하거나 일할 때 알아차리면 집중할 수 있습니다.

아침에 눈을 뜨는 순간 알아차리기 시작하여 잠들 때까지 알아차림이 지속되어야 합니다.

둘째, 매 순간 자신과 이웃을 소중히 여기기 위해 '자책, 무기력, 화, 비난, 질투'와 같은 어둠의 에너지 대신 '자신감, 열정, 감사, 배려, 자애'와 같은 빛 에너지를 선택해야 합니다.

매 순간 우리의 선택이 우리 삶을 만듭니다. 현재의 건강, 몸무게, 성적, 성과, 습관들은 과거 내가 행한 수많은 선택의 결과이며, 지금 이 순간의 선택이 미래의 나를 만들고 있습니다. 우리가 선택한 생각, 느낌, 말, 행동은 긍정적 에너지 또는 부정적 에너지를 발산하면서 자신뿐 아니라 타인의 삶에 영향을 줍니다. 그래서 선택의 순간 알아차리고 빛 에너지를 선택해야 합니다.

버스 안에서 가장 소중한 사람은 기사와 함께 탄 승객들입니다. 식당에서 소중한 사람은 식당 종업원과 같이한 손님들입니다. 노숙자 옆을 지나갈 때 소중한 사람은 노숙자입니다. 싫어하는 사람과 함께 있을 때 그 사람 역시 그 순간 내 삶에 소중한 사람임을 알아차려야 합니다.

매 순간 자신과 주위에 있는 사람들을 소중하게 대하고, 빛 에너지를 선택할 때 우리 삶은 보다 밝고 풍요로워집니다.

셋째, 매 순간 주어진 일을 소중히 보내기 위해 집중, 즉 몰입하고 즐겨야 합니다. 하루 중 대부분의 시간은 무엇을 하는 과정, 즉 세수, 식사, 운전, 일, 대화, 운동, 전화, 컴퓨터 작업 등 행위의 연속입니다. 그러나 우리는 식사하거나 일할 때 100% 집중하지 못합니다. 그것은 과거와 미래에 관련된 잡생각에 중독되어 주어진 순간에 몰입하고 즐기지 못하기 때문입니다.

단 한 번이라도 차를 마실 때 내가 차가 되고 차가 내가 되는 물아일체의 경지를 느껴보신 적이 있습니까? 일할 때는 일에, 대화할 때는 대화에, 식사할 때는 식사에 몰입하여 즐기며, 휴식할 때는 몸과 마음을 완전히 쉬는 것이 지금 이 순간을 소중하고 충실하게 사는 것입니다.

무엇을 해야 할지 모를 때, 자투리 시간이 날 때 호흡에 집중해보십시오. 지금 이 순간 호흡에 몰입하면 호흡은 고소하고 맛있기도 합니다. 호흡 집중의 참맛을 알면 이보다 더 황홀한 휴식이 없다는 것과 '내가 있다'는 삶의 근원적 기쁨을 발견하게 됩니다.

매 순간을 내 생애 최고의 순간으로 만들어 행복하게 살기 위해 다음 3가지를 확인하십시오.

지금 이 순간 알아차리는가?
지금 이 순간 빛의 선택인가?
지금 이 순간 몰입하고 즐기는가?

무엇을 하든 '알아차림, 빛의 선택, 집중'(이하 '알, 빛, 집'으로 약칭)을 실천하면 지금 이 순간을 내 생애 최고의 순간으로 만들어 매일을 생애 최고의 날로 살 수 있습니다.

'알, 빛, 집'은 우리를 삶의 달인으로 만드는 마법의 행복공식입니다.

천지인 에너지 명상

인간이 살아가는 필수 에너지로 천지인(天地人) 에너지가 있습니다. 천은 호흡 에너지, 지는 음식 에너지, 인은 인간 에너지입니다. 살아 있는 동안 호흡해서 산소를 마셔야 합니다. 육체를 유지하기 위해서는 음식을 먹어야 합니다. 그리고 긍정적·능동적·열정적인 삶을 위해서는 자부심, 소망, 애정, 인정, 배려 등의 인간 에너지가 필요합니다.

천지인 에너지 명상에는 행복공식 '알, 빛, 집'을 기본으로 하여 호흡 명상, 음식 명상 그리고 마음과 관련된 감사 명상과 자애 명상이 있습니다. 생활 속의 실천 명상인 천지인 에너지 명상의 목적은 긍정적이고 좋은 에너지를 증가시켜 항상 활기가 넘치고, 여유 있고 안정적이며, 몰입하고, 즐기는 삶을 사는 것입니다.

이 책은 행복공식 '알, 빛, 집'을 중심으로 창원대학교 교양강좌 〈성공과 행복의 철학〉에서 강의하고 실습한 내용을 서술한 것입니다.

한 학기 수업 동안 '알, 빛, 집'을 열심히 실천한 학생들 중에는 새로운 꿈과 목표가 생기고, 자신감과 열정이 되살아나고, 끈기와 실행력이 향상된 학생도 꽤 있었습니다. 그중에는 몸무게를 크게 감량하거나 금연에 성공한 경우도 있었습니다. 이 책의 내용을 읽을 뿐 아니라 매일의 생활에서 실천한다면 여러분도 기대 이상의 성과를 얻을 수 있으리라 확신합니다.

『지금 이 순간을 살아라』의 저자 에크하르트 톨레는 말합니다.

"깨어 있는 의식으로 쓴 글이나 발언한 말만이 사람을 변화시키는 힘, 독자들을 깨어 있게 하는 힘을 갖고 있습니다."

나 자신, 알아차림과 수행의 부족으로 책의 발간이 다소 늦어졌습니다.

"저자가 자신이 말한 대로 제대로 살고 있는가?"라는 물음에 대해 아직도 미흡하지만 '알, 빛, 집'의 생활화를 독자와 함께 노력하자는 뜻으로 책을 만들었습니다.

독서의 목표는 4H의 완성에 있습니다. 책의 내용을 머리(head)

로 이해하고, 가슴(heart)으로 절실히 느끼며, 손(hand)으로 반복 실천하여, 습관(habits)으로 정착시키는 것입니다.

우리는 반드시 망각의 삶에서 깨어 있는 삶으로 전환해야 합니다. '알, 빛, 집'을 통해 매 순간을 생애 최고의 순간으로 만드는 자각의 삶을 살아가시기 바랍니다.

행복공식 '알, 빛, 집'이 국민 모두의 행위의 준칙으로 널리 확산, 실천되어 우리 모두 '깨어 있는 국민', '빛의 국민', '행복한 국민'이 되는 날이 오기를 기대해봅니다.

2011년 1월
창원 사림동에서
이 수 원

차례

3부 기적의 두루마리 읽기

1부

행복공식

'알아차림, 빛의 선택, 집중'

명품 영광굴비는 맛있기로 유명합니다. 생선은 동일하지만 소금 간을 잘해서 최고 품질의 굴비를 만듭니다. 우리의 삶이라는 재료도 누구나 동일합니다. 행복공식 '알, 빛,집'은 삶이라는 생선에 깊은 간을 하여 명품 삶을 만드는 비법입니다. 그 비법이란 "지금 이 순간을 내 생애 최고의 순간으로 만들고 있는가?"를 수시로 체크하고 실천하게 함으로써 삶을 깊고 풍요롭게 만드는 것입니다.

대화할 때, 식사할 때, 일할 때, 심지어 술자리에서도 "지금 이 순간을 내 생애 최고의 순간으로 만들고 있는가?"를 자각하고 실천하십시오. 이것은 지금 이 순간의 의미를 돌에서 황금으로 바꾸는 삶의 연금술입니다. 그러면 삶의 매 순간이 참으로 의미 있고 행복한 순간이 됩니다.

'알, 빛, 집'이 아침에 눈뜬 순간부터 잠자리에 들 때까지 항상 ON 되어 작동될 때 매일이 내 생애 최고의 날이 됩니다.

제1장
알아차림

1. 알아차리면 살아 있고 망각하면 죽은 삶

아침에 일어나 밤에 잠들 때까지 우리는 얼마나 깨어 있을까요? 매 순간 알아차리고, 지혜롭게 선택하고, 몰입하는 경우가 얼마나 될까요?

20세기 영적 지도자 구르지예프는 말합니다.

"현대인은 잠 속에서 태어나, 잠 속에서 살다가, 잠 속에서 죽는다. 어떻게 해서든 잠에서 깨어 알아차리는 삶, 즉 '현재와는 다르게 존재하는 방법'을 고찰해야 한다."

구르지예프는 인간은 환경의 자극에 기계적으로 반응하는 꼭두각시 상태에 있기 때문에 알아차림을 통해 자동적으로 반응하는 습관을 멈추어야 한다고 말합니다. 사실 우리의 생각, 느낌, 말과 행동은 대부분 무의식적·타성적·기계적으로 일어납니다. 이것들은 반 이상이 부정적인 에너지를 발산합니다. 그리하여 우리는 하루의 대부분을 불안, 초조, 긴장, 절망, 후회 등 각종 스트레스로 살아갑니다.

알아차리지 못한 망각 상태의 삶, 타성적 삶은 새벽 어시장에서 살아 펄떡거리는 갓 잡아온 활어처럼 생생하게 살아 있는 삶이 아니라 수족관에서 며칠 지내면서 진이 다 빠진 생선처럼 거의 죽은 상태의 삶과 같습니다. 우리가 알아차리고 살기 시작하면 지금까지 살아온 것이 진정 제대로 살아온 것이 아님을 깨닫게 될 것입니다.

비담 젤란드는 『리얼리티 트랜스핑』에서 인간은 지능이 아니라 깨어 있는 수준 때문에 동물과 다르다고 말합니다. 그에 의하면 주어진 상황을 지배하는 능력은 우리의 깨어 있는 수준에 비례합니다. 그래서 우리 내면의 주시자로 하여금 끊임없이 다음 질문을 해야 한다고 말합니다.

"너 지금 자고 있니? 깨어 있니?"

소위 '깨달음'이란 다름 아닌 '지속적인 알아차림'입니다. 무의식적이고 타성적인 에고를 벗어난 참 나에 의한 알아차림은 어둠의 삶에서 빛의 삶으로, 무기력한 삶에서 살아 생동하는 삶으로 전환시키는 삶의 달인의 기술입니다.

우리의 의식이 매순간 우리가 사는 세상을 창조합니다. 망각은 어둠, 고통, 불행의 세계를 창조하지만, 알아차림은 빛, 기쁨, 행복의 세계를 창조합니다. 순간순간 빛의 세계에 살아 있기 위해 우리는 매 순간 알아차려야 합니다.

개처럼 살지 말고 사자처럼 살라

강아지는 던져주는 뼈다귀를 쫓아 매 순간 헤매지만, 사자는 던지는 사람을 노려봅니다.

알아차림 수행이란 조그만 상황의 변화에도 수시로 흔들리는 개의 마음(에고)에서 그 어떤 위급한 상황에서도 동요가 없는 사자의 마음(참 나)으로 바뀌려는 노력입니다.

사소한 이해관계, 순간적 쾌락, 일시적 분노 등의 뼈다귀를 쫓지 마십시오. 매 순간 알아차려 개처럼 타성적으로 돌아다니지 말고 사자처럼 고요하고 평정한 마음으로 지켜보십시오!

서암은 매일 아침 자기 자신에게 큰 소리로 외쳤습니다.

"이봐, 주인공, 그대는 거기 있는가?"

그러고는 스스로 대답했습니다.

"예, 여기 있습니다."

그리고 다시 말했습니다.

"정신 바짝 차리게!"

"예, 그렇게 하겠습니다."

또 말했습니다.

"자, 밖을 보게. 저들이 그대를 속이지 않도록 하게나."

"그럼요. 절대, 절대 속지 않겠습니다."

마조선사에게 물었습니다.

"도가 무엇입니까?"

"밥 짓고 물을 길러 나르는 것이다."

'도', '깨달음', '명상'이란 우리가 무엇을 하더라도 알아차리면서 하는 것입니다.

밥 지을 때 밥 짓는 행위를 알아차리고, 물 길 때 물 긷는 행위를 알아차리는 것입니다. 매 순간 깨어 있어 지금 여기서 일어나는 현상을 알아차리는 것입니다. 에고가 아닌 참 나가 나를 주관하고 운행하게 하는 것입니다.

명상은 최면, 환각에서 벗어나는 것입니다. 명상(暝 어두울 명, 相 생각할 상)의 뜻은 생각을 어둡게 하고, 줄이고, 좁히는 것입니다. 즉, 생각중독에서 벗어나는 것입니다. 생각중독에 빠진 현대인들이 생각을 알아차리고, 한 곳에 집중할 수 있을 때 마음의 여유를 가지고 지혜롭게 선택하고 삶을 즐길 수 있습니다.

2. 알아차림의 최대 장애: 생각중독

눈을 감고 자신에게 말해보십시오.

"다음에는 내가 무슨 생각을 하게 될까?"

그런 후 쥐구멍을 지켜보는 고양이처럼 주의력을 집중하여 다음에 올 생각을 기다려보십시오. 단 1분 동안 머리 정수리에서 생각이 쏟아져 나온다고 생각하고 지켜보십시오. 그러면 수많은 생각들이 미친 듯이 뛰쳐나올 것입니다!

우리 인간은 생각을 너무 많이 합니다. 이것이 생각중독입니다. 생각중독에 속하는 것으로는 부정적 사고, 걱정, 불안, 과도한 비교경쟁의식, 시기, 질투, 사소한 것에 대한 집착, 후회, 자책감 등 이루 헤아릴 수 없이 많습니다.

생각중독은 에너지와 시간의 블랙홀

데카르트는 "나는 생각한다, 고로 존재한다."고 말하며 인간의 생각에 의미를 부여했지만, 현대인의 생각은 질주하는 쥐처럼 빠르게 진행되는 일종의 질병으로서 알아차림을 방해하고 고통을 생산합니다. 그래서 "인간은 잡생각을 너무 많이 한다, 고로 고통스럽다"라고 말할 수 있습니다.

에크하르트 툴레는 『지금 이 순간을 살아라』에서 이렇게 말합니다.

"생각을 멈추지 못하는 것은 끔찍한 고통인데 우리는 자각하지 못한다. 왜냐하면 거의 모든 사람이 그런 고통을 겪어 당연시하기 때문이다. 그칠 줄 모르는 생각은 마음이 만든 거짓된 자아를 창조하고 이것이 공포와 고통을 야기한다. 자유의 시작은 마음, 즉 '생각하는 자'가 자신의 본질이 아니라는 것을 깨닫는 것이다. '생각하는 자'를 지켜보기 시작할 때 높은 차원의 의식이 작동하며 사랑, 창조, 기쁨, 마음의 평화 같은 진정 소중한 것들은 생각 너머에 있다는 것을 깨닫게 된다."

'오만 가지 생각으로 괴로워한다.'는 말이 있듯이 사람은 평균 하루 삼천에서 삼만 내외의 생각을 하지만 과거, 미래와 관련된 반복적이고 부질없는 잡념, 망상이 대부분입니다.

이러한 생각중독은 엄청난 에너지와 시간을 소진시킬 뿐 아니라 하루 내내 불안, 동요, 초조, 고통 등의 부정적 감정 속에 살아가게 하고 그 결과 우리는 만성적 긴장, 피로, 우울증에 시달리며 병에 걸리기도 합니다.

그러므로 효율적 에너지 관리란 수많은 쓸데없는 생각, 즉 생각중독으로부터 벗어나는 것입니다. 엄청난 타성을 지닌 마음의 급류에 휩쓸려 에너지와 시간을 낭비하지 않기 위해서는 수시로 생각하는 마음을 주시해야 합니다.

3. 알아차림의 도구: 호흡 주시

호흡 주시는 강력한 생각중독 백신

다음과 같은 말이 있습니다.

생각이 바뀌면 행동이 바뀌고,
행동이 바뀌면 습관이 바뀌고,
습관이 바뀌면 품성이 바뀌고,
품성이 바뀌면 운명이 바뀐다.

생각 바뀌기가 쉬운 일이 아닙니다. 왜냐하면 우리는 늘 생각 중독 상태에 있기 때문입니다. 그러나 호흡이 바로 생각을 바꾸는 최고의 도구입니다!

인간은 태어나서 죽을 때까지 호흡합니다. 언제 어디서나 호흡은 지속되기 때문에 거의 모든 사람이 별 생각 없이 습관적으로 호흡합니다.

그러나 우리가 세심하게 호흡을 알아차리고 주시하면 우리 삶이 획기적으로 변화됩니다. 망각의 삶에서 알아차림의 삶으로, 어둠의 삶에서 빛의 삶으로, 불행한 삶에서 행복한 삶으로 변화합니다.

호흡은 우리 마음과 생각을 반영하여 화가 나면 거칠고 빨라지며, 평안하면 느리고 부드러워집니다.

마음과 생각이 하루 수천, 수만 번 변화함에 따라 호흡도 변합니다. 그런데 중요한 것은 우리가 호흡을 주시하는 그 순간 마음과 생각은 일시 정지한다는 사실입니다. 그때 생각과 마음의 상태를 점검하고 바꿀 수 있습니다.

호흡 주시는 마음과 생각의 순간 점검입니다. 호흡 주시로 우리의 생각뿐 아니라 감정, 말, 행동도 알아차리고 바꿀 수 있습니다.

퇴계 이황 선생의 『활인심방(活人心方)』에도 호흡이 안정되면 마음이 안정되고, 마음이 안정되면 생각이 바르게 된다고 말합니다. 호흡이 바르면 생각과 행동도 바르게 되지만, 호흡이 바르지 않으면 나쁜 마음이 일어납니다.

하루 동안 늘 깨어 있기 위해서는 일상생활 속에서 호흡을 주시하는 습관을 가져야 합니다. 수시로 호흡을 주시하고, 잡생각이 날 때에도 그 순간 호흡에 주시하십시오. 짜증나고 불편한 느낌이 드는 순간 호흡에 주시하십시오. 그러면 생각중독인 잡념, 망상으로부터 벗어날 수 있습니다. 그다음에 부정적 에너지 대신 긍정적 에너지를 선택하여 집중, 몰입하십시오. 그러면 생기가 넘치고 긍정적인 하루가 됩니다.

호흡 수련은 마음의 조건화된 반응을 제거합니다. 지속적인 호흡 주시는 우리를 망각의 삶에서 알아차림의 삶으로 바꾸어 하루를 보다 성공적이고 행복하게 살 수 있게 합니다.

4. 알아차림의 대상: 마음

호흡 주시를 통한 알아차림은 마음을 알아차리는 것입니다. 마음은 통과 같습니다. 이 통에 우리의 느낌, 감정, 생각, 말, 행동, 모든 경험, 지식이 들어갑니다.

마음이라는 통에서는 무엇이 일어날까요? 하루 동안 마음 통에는 무엇이 쌓일까요? 이것을 알아차려야 합니다! 쓰레기를 넣으면 쓰레기통이 되고, 꽃을 담으면 꽃병이 되듯이 마음 통은 우리가 무엇을 선택하여 넣느냐에 따라 성공과 행복 또는 실패와 불행의 통이 됩니다.

아침에 잠에서 깨어 즉시 해야 할 일은 호흡을 주시함과 동시에 마음을 알아차리는 일입니다. 세수보다 우선 마음 관찰이 더 중요합니다.

다스칼로스는 말합니다.

"진리의 탐구자들은 자신의 생각과 느낌을 끊임없이 파헤쳐보고 살펴야 한다."

보통사람도 마찬가지입니다. 자신이 하는 일에 깨어 있을수록 그만큼 제대로 사는 것입니다.

명상적인 마음, 즉 깨어 있는 마음은 삶의 모든 관계, 상황 속에서 일어나는 느낌, 생각, 감정, 말, 행동을 주의 깊게 바라보는 것, 즉 삶을 주시하는 것입니다. 삶의 모든 것들, 삶 속의 기쁨뿐 아니라 고통까지 회피하지 않고 직시하는 것입니다.

지혜란 분명하고 철저하게 바라보는 것입니다. 지금 이 순간 무엇을 보고, 듣고, 생각하고, 느끼고 있는지, 어떻게 반응하는지 알아차립시오. 그것이 지혜로운 삶, 깨어 있는 삶입니다.

느낌 알아차리기

우리가 세상을 접하는 것은 오감을 통해서입니다. 새로운 상황에서 맨 먼저 발생하는 것은 '감각'이며 그 다음이 '느낌' 그리고 '감정'으로 발전합니다. 오감과 그에 따라 발생하는 초기 느낌은 저절로 일어납니다. 그 느낌에 무의식적 반응과 생각이 결합되어 사랑, 증오, 두려움 등의 감정으로 발전되고, 특정의 말과 행동을 일으킵니다. 그러므로 느낌이 발생하는 순간 알아차려야 감정을 조절하고 말과 행동을 제대로 선택할 수 있습니다. 특히 부정적 느낌은 알아차리지 못하면 초기 느낌을 분노, 자책 등의 감정으로 증폭시킵니다. 그러므로 수시로 '지금 나는 무엇을 느끼는가?'를 알아차려 깨어 있는 마음으로 온전히 느끼고 주시하면 조건화된 부정적 반응을 멈출 수 있습니다.

묘원은 말합니다.

"사람이 술을 마실 때 사실은 술을 마시는 것이 아니라 술 취하고자 하는 느낌을 마시고 욕망을 마시는 것이다. 사람이 담배를 피울 때 담배를 피우는 것이 아니라 짜릿한 느낌을 피우는 것이며 욕망을 피우는 것이다."

느낌을 제때 알아차리고 지혜롭게 대처하면 삶이 훨씬 자유로
워집니다. 왜냐하면 초기 느낌이 감정으로 확장되기 전에 알아차
리고 조절하는 것이 상대적으로 에너지 소비가 적고 쉽기 때문
입니다.

식사할 때의 느낌, 대화할 때의 느낌, 모든 상황에서의 느낌을
먼저 알아차리십시오. 공연을 관람하듯 그 순간에 일어나는 것
이 좋은 느낌이든 불쾌한 느낌이든 자세히 관찰하십시오.

생각중독이 발생하기 전의 느낌을 알아차리십시오. 최초의 느
낌이 불안, 화로 발전하기 전에 알아차리십시오. 좋은 느낌뿐 아
니라 나쁜 느낌도 소중히 여기면서 지켜보십시오.

에크하르트 톨레는 말합니다.

"행동 시 내면의 몸을 느껴보십시오. 언제나 내면의 몸 느낌을
주시하십시오. 온몸을 하나의 에너지 장으로 느껴보십시오. 그
러면 온몸으로 듣거나 읽는 것과 같은 상태에 이를 것입니다. 관
심을 온통 마음과 외부세계에 빼앗기지 않도록 하세요. 지금 하
는 일에 집중하면서 가능할 때마다 내면의 몸을 느껴보세요. 내
면에 단단히 뿌리를 내리고 머무는 것입니다. 그런 다음 여러분
의 의식 상태와 여러분이 하는 일이 질적으로 어떤 변화를 겪는
지 관찰해보세요."

우리가 무엇을 보고 듣고 생각할 때마다 알아차려야 합니다. 그리고 자신이 그것에 대해 어떻게 반응하고 느끼는지 알아차려야 합니다. 유쾌한 느낌이든 불쾌한 느낌이든 알아차리십시오.

알아차림의 부족이 고통의 원인입니다. 초기 느낌을 알아차릴 때 상황에서 자유로워지며 고통에서 벗어나 행복할 수 있습니다.

감정 알아차리기

삶의 궁극적 목표는 이성의 충족이 아니라 마음 밑바닥의 감성, 감정의 충족입니다. 인간은 가끔 이성적일 때가 있지만, 거의 대부분의 경우 감정의 동물입니다. 인간의 삶을 구성하는 재료의 90%가 감정이며, 감정은 인간을 살아가게 하는 주된 에너지원입니다.

우리가 부딪히는 하루 대부분의 상황이 감정을 일으킵니다. 회사에 출근해 계획서를 제출했을 때, 상사의 상이한 반응들이 정반대의 감정을 일으킵니다,

"매우 참신한 아이디어야. 어디서 이런 기발한 생각을 했어? 자네는 우리 회사의 보배야!"

"이 따위를 아이디어라고 제출해? 자네 월급 받고 회사에서 제대로 하는 일이 뭐야?"

모처럼 큰 맘 먹고 비싼 옷을 구입해서 모임에 나갔을 때의 상

이한 반응들의 경우도 마찬가지입니다.

"그 옷 참 너한테 잘 어울린다. 딴사람이 된 것 같아. 어디서 샀어?"

"그 옷 얻어 입은 것 같아. 나이도 더 들어 보여!"

이 말들은 정반대의 감정을 일으켜 하루 종일 기분을 좋게 하거나 기분을 망칩니다.

감정은 삶이라는 요리의 주재료입니다. 드라마의 소재도, 유행가의 가사도 대부분 인간의 감정을 다룬 것입니다.

행복도 불행도 감정입니다.

좋아함과 싫어함도 감정입니다.

사랑도 미움도 감정입니다.

불안, 초조, 조급함, 성마름도 감정입니다.

우월감, 열등감, 자부심, 창피함도 감정입니다.

인간이 온갖 수단방법을 가리지 않고 추구하는 부, 권력, 명예도 결국 좋은 감정을 맛보기 위한 것입니다.

아리스토텔레스는 "인생의 목적은 행복이다."라고 말합니다. 이것은 곧 인생의 목적은 행복한 감정을 느끼는 것입니다. 그러므로 잘산다는 것의 진정한 의미는 마음의 주 에너지원인 감정을 잘 다루는 것, 감정을 잘 조절하는 것입니다. 그래서 감정을 알아차리고, 소중히 다루어야 합니다.

함규정은 『감정을 다스리는 사람, 감정에 휘둘리는 사람』에서 이렇게 말합니다.

"감정은 다 이유가 있어 존재하며 쓸모없는 감정이란 없다. 내 감정이 행복해야 내가 행복하며, 감정 관리를 잘해야 성공한다. 감정을 느끼지 못하면 삶이 무디어진다. 그러므로 내 안의 모든 감정을 인정하고 귀 기울여야 한다. 사람을 안다는 것은 그 사람의 감정을 아는 것이며 감정을 나눌 때 친밀해진다."

류영모는 『다석 마지막 강의』에서 이렇게 말합니다.

"감정이라는 것이 나려고 할 때는 반드시 손질을 해야 해요. 곱게 나가야 합니다. 좋다고 할 때에도 무척 좋겠지만 손질을 해야 합니다. 손질해서 좋은 감정을 내보내야지, 좋은 감정을 손질 안하고 내보내다가 너무 좋아 지치다가 그대로 졸도를 해 죽은 사람이 있어요. 감정이라는 것은 손질 안 하면 망하는 겁니다."

부, 권력, 명예는 강력한 에너지원으로 삶을 추진시키지만 집착이라는 불순물이 섞여 불완전 연소될 때 순수한 좋은 감정을 줄 수 없습니다. 집착이라는 불순물은 성공해도 불행하게 만드는 마음의 독입니다.

나 자신과 타인의 감정을 일단 알아차리고 있는 그대로 인정하고 존중하십시오. 나쁜 감정도 인정하고, 받아들이고, 자연스럽게 표현되는 것이 좋습니다.

탐, 진, 치 알아차리기

최악의 감정은 탐, 진, 치입니다. 알아차리지 못할 때 우리의 마음은 순식간에 탐, 진, 치로 가득 차게 됩니다. 우리는 매 순간 주어진 상황에서 좋아하고, 싫어하는 마음이 생깁니다. 그러나 알아차리지 못하고 방심하면 순식간에 좋아함은 탐욕으로, 싫어함은 노여움으로 증폭되어 강력한 부정적 에너지를 발산하게 됩니다.

우리는 좋은 느낌에 집착(지나치게 긍정적인 성질 부여)하여 매달리고, 싫은 느낌에도 집착하여 강하게 혐오(지나치게 부정적인 성질 부여)하여 마음은 늘 이것들의 노예가 되어 끌려 다니면서 끊임없이 부정적 에너지를 방출하거나 에너지를 소진시킵니다.

삶의 균형, 에너지의 균형을 유지해야 합니다. 좋을 때도 알아차려 좋아함에 빠지지 말고, 싫어할 때도 알아차려 싫어함에 빠지지 마십시오. 즐거울 때도 알아차려 즐거움에 빠지지 말고, 괴로운 때도 알아차려 괴로움에 빠지지 마십시오.

과열되지 않도록 알아차리고 일정한 거리를 유지하십시오. 그러면 평정심을 유지하여 에너지를 최상의 상태로 유지할 수 있습니다. 그리고 수시로 일어나는 어리석은 망상을 알아차리십시오. 대부분의 시간이 망상 속에 허비됩니다.

감정의 독인 탐, 진, 치를 알아차리는 것이 감정 관리의 핵심입니다.

탐욕과 노여움은 에너지 과다 소비로, 어리석음은 지속적인 에너지 누수를 일으킵니다. 효율적인 에너지 관리를 위해 어디에 집착하고 있는지, 무엇에 과도한 중요성을 부여하고 있는지, 지금 이 순간 기계적·무의식적으로 반응하고 있지 않은지 수시로 살펴보아야 합니다.

3법인 알아차리기

알아차림의 궁극적 목표는 삶의 법칙을 알아차려 지혜롭게 사는 것입니다. 지속적인 알아차림의 수행을 통해 우리는 다음과 같은 삶의 진리를 깨닫게 됩니다.

제행무상(諸行無常): '세상에 영원한 것은 아무것도 없다.'는 것을 알아차려야 합니다. 우리의 느낌, 생각, 감정, 말, 행동은 끊임없이 변합니다. 우리의 육체도 끊임없이 변합니다. 매 순간 상황도 변합니다.

부, 권력, 명예도 좋은 것이지만 상대적이고 수시로 변하는 것입니다. 고통의 순간도 즐거움의 순간도 곧 지나간다는 것을 알아차려야 합니다.

변하는 것에 집착할 때 우리는 불안, 초조하고 불행하게 됩니다. '모든 것이 변한다.'를 늘 알아차리면 다음과 같은 효과가 있습니다.

첫째, "고생 끝에 낙이 온다."는 말이 있듯이 지금 어렵고 고통스런 상황도 언젠가 지나갈 것을 알므로 마음의 여유를 갖고 참고 견디며 노력할 수 있게 합니다.

둘째, 지금의 행복과 부귀도 사라질 것을 알므로 겸손하고 절제하고 베풀게 합니다.

셋째, 무상을 철저히 깨달으면 삶에 대해 진지하게 되며, 하루를 살더라도 의미 있고 가치 있게 살게 됩니다.

넷째, 무상을 철저히 깨달으면 모든 종류의 집착에서 벗어나 평안하고 여유 있게 살게 됩니다.

제법무아(諸法無我): 모든 존재는 고정불변의 실체가 없습니다. '나'라는 에고에 집착하지 말아야 합니다. 삶의 비밀은 죽기 전에 죽는 것, 육체적 죽음이 아니라 내가 '나'라고 불렀던 에고의 죽음입니다. 에고가 죽고 참 자아로 살아가는 것입니다.

유영모는 말합니다.

"예수와 석가는 참 나를 알게 하기 위해서 오신 것이다. 에고로 죽고 참 나로 솟아나는 것이 깨달음이다."

인도의 성자 라마크리슈나는 말합니다.

"우리의 모든 고통은 바로 이 '나'라는 의식 때문이다. '나'와 '나의 것' 이것이 바로 인간의 근본 무지다. 에고가 죽을 때 모든 문제가 사라진다. 에고는 구름과 같다. 구름이 사라질 때 인간은 태양을 본다."

그는 에고의식을 갖지 않기 위해 자신을 '나'라고 부르지 않고 '이것'이라고 말했습니다.

"최고의 방패는 무아이고, 최고의 칼은 자비이다."라는 말이 있습니다. 에고가 없을 때 우리는 어떤 상황에서든 상처받지 않습니다. 투명인간처럼 어떤 비난도 통과되어 버립니다.

고통으로 괴로워할 때, 그 순간 무아 상태가 아닌 에고 때문임을 알아차리십시오.

모든 시비분별의 마음도 에고, 즉 '나'라는 생각에서 비롯됩니다. 에고가 없으면 모든 시비분별이 사라지고 삶이 편해집니다. 에고에서 벗어난다는 것은 수시로 변하는 마음을 나와 동일시하는 것을 멈추는 것입니다. 마음을 바라보되 동일시하지 않으면 화, 탐욕 같은 것을 고요하고 명료하게 지켜볼 수 있습니다. 마음과 마음에서 발생하는 화, 분노 등은 일시적이고 실체가 없는 것임을 알게 됩니다.

우리는 삶이라는 단 한 번 공연되는 연극의 배우입니다. '나'라는 존재, '나의 것'은 일시적일 뿐입니다. 일생 동안에도 '나'와 '나의 것'은 수시로 변합니다. 그러므로 주어진 배역에 충실하고 즐겨야 하지만 영원히 살 것처럼 집착해서는 안 됩니다.

대통령도 노숙자도 연극의 배역일 뿐 연극이 끝나면 무대에서 내려와야 합니다. 그러나 에고는 항상 '나'와 '나의 것'에 과도한 중요성을 부여하고 집착하여 에너지 상실을 초래합니다.

보통사람은 에고를 넘어 무아 상태에서의 지복을 경험하지 않았기 때문에 에고의 짜릿한 쾌감, 즐거움, 만족을 포기하기 힘든 것이 사실입니다. 그리고 현실적으로 100% 무아의 상태로 살아가기에는 전문 수행자가 아니면 거의 불가능합니다. 우리에게 현실적으로 필요한 것은 에고의 본질을 깨닫고 에고와 더불어 살되 에고의 종이 아니라 주인이 되는 것입니다. 그러기 위해 '이름, 직책, 몸, 소유물, 성취, 평판'과 같은 '나'와 '나의 것'을 우리로 하여금 열심히 살게 하는 원동력으로 사용하되 집착하지 않고 내려놓을 줄도 알아야 합니다. 최선을 다하고 즐기되 나와 나의 것에 집착하지 않을 때 평화롭고 만족스런 삶을 살 수 있습니다.

일체개고(一切皆苦): 이 말은 '모든 것이 고통이다'라고 해석하기 보다는 '무엇이든 집착하면 고통이다'라고 해석하는 것이 좋습니다. 현실은 끊임없이 변해가는 것(무상)이고 독립불변의 실체가 없는 것(무아)임에도 불구하고 우리는 그것이 영원하기를, 또 본질적이기를 바라고 집착하기 때문에 세상은 괴로울 수밖에 없습니다.

집착은 곧 고통입니다. 그러나 고통은 영원히 지속되는 것이 아니며(무상), 고통을 느끼는 내가 없음(무아)을 알아차리는 순간 우리는 고통에서 벗어나 자유롭게 됩니다.

우리는 탄생할 때 알아차리지 못했습니다. 그러나 의식이 각성된 후 우리는 알아차리면서 살아가야 합니다. 그리고 알아차림의 완성은 죽는 순간 철저히 알아차리면서 죽는 것입니다.

'알, 빛, 집' 심호흡 실습

　지금 이 순간 알아차리고, 빛의 선택을 하며, 몰입하고 즐기기 위한 심호흡 명상을 소개합니다. 수시로 심호흡을 하면서 '알, 빛, 집'을 체크하십시오. 심호흡을 하면서 마음속으로 질문하고 대답하면 됩니다. (빛의 선택에서 소개하는 빛 호흡 명상도 '알, 빛, 집'을 습관화하는 훌륭한 방법입니다.)

　들이쉬면서 '지금 이 순간 알아차리고 있습니까?'
　내쉬면서 '예, 알아차리고 있습니다.'
　들이쉬면서 '지금 이 순간 빛의 선택 중입니까?'
　내쉬면서 '예, 빛의 선택 중입니다.'
　들이쉬면서 '지금 이 순간 몰입하고 즐기고 있습니까?'
　내쉬면서 '예, 몰입하고 즐기고 있습니다.'

알아차림 도구 만들기 실습

조선 중기의 대표적인 유학자 남명 조식 선생은 엄격한 수양과 강인한 기개로 유명하셨는데 항상 옷고름에 '성성자(惺惺子)'라는 두 개의 쇠 방울을 달고 다니셨습니다. '성성(惺惺)'이란 스스로 경계하여 깨닫는다는 뜻입니다. 쇠 방울의 맑은 소리가 매 순간 사람을 깨우친다고 생각했던 것입니다.

자신을 깨어 있게 하는 자기만의 도구를 만들어보십시오. '알, 빛, 집'을 휴대폰 초기화면에 띄울 수도 있습니다. 냉장고 문이나 식탁 위에 '알, 빛, 집'을 붙이면 음식 명상에 도움이 됩니다. 그 밖에 책상머리 위, 화장실 유리 등 눈에 잘 띄는 곳에 '알, 빛, 집'을 붙여 효과를 볼 수 있습니다.

'알, 빛, 집'을 가족 및 주위의 많은 사람에게 전파하고 그들에게 수시로 '알, 빛, 집'을 문자 메시지로 보내십시오. 알람기능을 사용해 수시로 알아차리게 만드는 자기만의 '알아차림 시계'를 만드십시오.

필자는 수업을 시작하고 마칠 때 학생들에게 검지를 들고 '알, 빛, 집'을 복창하게 합니다. 서로 만날 때 검지를 들고 미소 지으며 인사하기를 권유합니다. 학생들은 동료나 친구, 가족들이 과식하거나 과음할 때, 과도하게 게임이나 텔레비전을 시청할 때, 욕할 때 등에 검지를 들고 '알, 빛, 집'을 복창하여 효과를 보고 있습니다.

'알, 빛, 집'해요!
지금을 우리 생애 최고의 순간으로 만들어요!
우리 모두 오늘 행복해요!

제2장

빛의 선택

빛을 통해 세상을 보십시오.

마음 통을 어둠이 아닌 빛으로 채우십시오.

그리하여 빛의 인간이 되십시오.

1. 삶은 선택

『리얼리티 트랜스핑』의 저자 바딤 젤란드의 꿈속에 나타난 노인의 말입니다.

"멍청한 사람아! 자네는 선택할 권리가 있는데도 그것을 사용하지 않고 있는 거야. 사람은 누구나 자기가 원하는 운명을 뭐든지 골라잡을 수 있어. 우리가 가진 유일한 자유는 선택의 자유야. 누구나 자신이 원하는 것을 선택할 수 있단 말일세!"

고령의 나이에도 불구하고 건강하며 활동적인 노인에게 누군가 물었습니다.

"어르신은 언제나 행복해 보이는데 그 까닭이 무엇입니까?"

노인은 다음과 같이 대답했습니다.

"매일 아침 눈을 뜰 때마다 나는 오늘 행복할 것인가 불행할 것인가 둘 중의 하나를 선택하게 되지. 그런데 그중에서 나는 무조건 행복 쪽을 선택할 뿐이네!"

우리는 언제나 정확히 자신이 선택한 것을 얻습니다. 우리가 선택한 것이 현실이 되고 미래를 창조합니다. 현재 우리의 모습은 성품, 능력, 외모, 성적, 업적, 건강, 몸무게에 이르기까지 지금까지 살면서 수없이 행한 선택의 결과입니다.

우리는 하루 동안 수많은 자극과 상황을 만납니다. 이 중 대부분을 제대로 알아차리고 선택하지 못하며, 타성적·기계적으로 반응합니다. 그러나 자극의 순간 알아차리면 생각과 감정 그리고 행동을 자유롭게 선택할 수 있습니다.

자극과 반응 사이의 자유로운 선택능력에 우리의 성공과 행복이 달려 있습니다.

지중해의 성자 다스칼로스는 우리가 선택한 느낌과 생각의 염체가 운명도 바꾼다고 말합니다. 우리는 하루에도 수많은 느낌과 생각의 염체들을 만들어 냅니다. 그런데 우리가 방출하는 그 어떤 염체도 결국은 우리에게 되돌아오는 것이 법칙입니다. 악한 염체의 경우 그것이 의식적이든 무의식적이든 벌은 그 안에 처음부터 내재해 있습니다. 다스칼로스는 말합니다.

"응답받지 않는 기도는 없으며 벌 받지 않는 저주는 없다."

이것이 카르마의 법칙인 것입니다. 우리가 방사하는 염체를 변화시킨다면 운명도 바꿀 수 있습니다. 그러므로 삶의 매 순간순간은 새로운 기회와 선택의 순간입니다!

우리는 알아차리고 기계적 반응을 멈추고 선택의 자유를 발휘해야 합니다. 매 순간 빛의 선택을 의식하고 실천하면 점차 우리는 더 자유롭고 행복한 삶을 살 수 있습니다.

2. 빛 에너지를 선택하라

짐 로허, 토니 슈워츠는『몸과 영혼의 에너지 발전소』에서 이렇게 말합니다.

"우리의 모든 생각, 감정, 행동은 언제나 우리의 에너지를 활성화시키거나 소진시킨다. 효과적인 에너지 관리가 성공과 건강과 행복을 좌우한다."

『리얼리티 트랜스핑』에서 바딤 젤란드는 이렇게 말합니다.

"사람은 부정적인 에너지를 수신하고 송신하면서 자신의 지옥을 스스로 창조한다. 사람은 긍정적인 에너지를 수신하고 송신하면서 자신의 천국을 스스로 창조한다. 생각은 부메랑처럼 항상 자신에게 되돌아온다."

이 세상에 존재하는 모든 것은 에너지, 진동을 가집니다. 사람이 방사하는 모든 생각이나 느낌도 에너지입니다.

나의 생각, 느낌, 감정은 몸의 구석구석 모든 세포에 퍼져나갑니다. 시기, 질투, 분노, 증오 등 부정적 에너지가 내뿜는 독은 혈액이나 각종 분비물을 오염시켜 몸 전체의 기능을 떨어뜨리고 병균이나 질환을 활성화시킵니다. 그리하여 감기, 소화불량, 두통, 피부병, 신장병, 심장병, 심지어 뇌질환을 유발하기도 하며 암을 일으키기도 합니다.

우리가 선택한 에너지들은 이르든 늦든 언젠가는 자신에게 돌아온다는 사실, 바로 이것이 인과 법칙입니다. 그래서 우리가 좋은 일을 하건 나쁜 일을 하건 그것은 우리 자신에게 하는 셈입니다.

알아차리고 긍정적 생각과 감정을 선택하십시오! 그러면 스트레스와 질병에서 벗어나 밝고 건강한 삶을 살 수 있습니다.

조셉 머피는 『마음 수업』에서 이렇게 말합니다.

"우리의 마음에 기쁨과 사랑, 평화와 유머를 예금합시다. 긍정적이고 유쾌한 생각들로 마음을 채우면 마음은 많은 이자를 되돌려줍니다."

알아차리더라도 빛의 선택이 쉬운 것만은 아닙니다. 공부하거나 일하기 싫을 때, 알아차리더라도 곧바로 공부나 일을 하기 쉽지 않습니다. 이 경우 '하기 싫다'는 부정적 느낌과 생각을 심호흡을 하면서 '하고 싶다', '즐기자' 등으로 전환하여야 합니다.

특히 상황이 나쁘면 나쁠수록 빛의 선택이 더욱 절실하고 중요합니다.

김지호는 『빛의 창조』에서 이렇게 말합니다.

"최악의 상황에서 빛의 느낌과 생각, 행위를 선택함으로써 어둠을 빛으로 창조해야 한다. 어둠의 심연이 깊을수록 더욱더 거대한 사랑의 빛이 빛날 수 있는 기적의 시공간이다. 지하철 노숙자의 경우도 '불쌍하니 도와주어야 한다.'라고 생각하면 가난함을 창조한다. 오히려 '저 사람은 원래 풍요로운 신성의 존재로 이 땅에 왔으니 내면의 풍요의 빛이 발현되리라'는 의미로 주어야 한다."

어둠의 선택은 어둠의 결과를 초래합니다. 자신이 원하지 않는 상황을 선택하고 집중함으로써 원하지 않는 상황을 창조합니다.

부모가 차도에서 어린 자녀의 손을 놓치고는 '사고 나면 어쩌지!'라고 생각하면 사고 날 가능성이 커집니다. 보석상들 밀집지

역에서 도난당할 가능성이 가장 큰 상점은 주인이 도난 걱정을
제일 많이 하는 가게입니다.

어둠의 상황에 집착하면 자신 안에 어둠의 에너지가 성장합니
다. 불안, 초조를 자주 느끼면 느낄수록 불안하고 초조한 일이
더 많이 발생합니다. 그러나 어려운 상황에서도 우리는 빛의 선
택을 통해 상황을 극복, 개선할 수 있습니다.

매 순간 마음 통에 어둠이 아니라 빛을 선택하십시오.

매 순간 마음 통에 − 에너지가 아니라 + 에너지를 담으십시오.

매 순간 마음 통에 쓰레기가 아니라 꽃을 담으십시오.

부정 대신 긍정을,

저항 대신 수용을,

분리 대신 합일을,

저주 대신 용서를,

질투 대신 칭찬을,

미움 대신 사랑을,

짜증 대신 이해를,

초조 대신 평정을,

분노 대신 자비를,

교만 대신 겸손을,

비굴 대신 당당함을,

나약함 대신 강인함을,

게으름 대신 성실함을 선택하십시오.

어떠한 상황에서도, 어떠한 어둠속에서도, 최악의 상황에서도 알아차리고 빛의 선택을 통해 최선의 상황을 창조할 수 있습니다!

불행히도 대다수의 사람은 자신이 갖고 있는 선택 능력을 제대로 알지도, 활용하지도 못한 채 어둠의 선택을 하면서 불행하게 살고 있습니다. 그러므로 우리는 결정의 순간 알아차리고 빛을 선택하는 능력을 길러야 합니다.

3. 최고의 빛은 '절대 긍정'

절대 긍정은 삶의 연금술입니다.
서양 속담에 나오는 말입니다.
"무슨 일이 일어나더라도 점점 더 좋아지고 있는 중이다."

만사는 일어나야 할 대로 일어나고 있습니다.
모든 일은 되어야 할 대로 되어가고 있습니다.
인생의 모든 것은 그럴만한 가치가 있기 때문에 일어납니다.
무슨 일이든 긍정적 의미를 찾을 수 있습니다.
조셉 머피는 『마음 수업』에서 이렇게 말합니다.
"존재하는 모든 것, 모든 사건들과 우연히 일어나는 모든 일들, 모든 주변 환경이 결과적으로 모두 나에게 도움이 된다고 믿어라!"

크리슈나무르티는 말합니다.
"나는 무슨 일이 일어나든 걱정하지 않습니다."

최고의 빛의 선택은 '삶의 절대 긍정'입니다.
삶을 긍정하는 것은 지금 이 순간을 긍정하는 것입니다.
우리 앞에 일어난 일은 그 무엇이든 일단 인정하고 받아들이십시오.
일어나는 것을 일어나도록 허용하십시오.
어떤 일이든 저항하지 않고 허용하십시오.
지금 이 순간에 모든 것을 맡기십시오.
매 순간은 그것이 고통이든 쾌락이든 삶의 선물입니다.
삶이 일어나게 허락하십시오.
최악의 순간에도 다음과 같이 생각하십시오.
"나에게 위기, 문제는 없다. 다만 기회가 있을 뿐이다."
삶을 긍정하는 순간 우리의 내면에 생명의 힘이 흐릅니다.
매 순간, 상황을 신선하게 맞이하고 몰입하십시오.
매 순간 사진 찍는 기분으로, 설렘으로, 충만하게 집중하십시오.
삶의 절대 긍정은 어떤 상황도 'it's ok' 하고 받아들이고 즐기면서 내 생애 최고의 순간으로 만드는 것입니다.

항상 'it's ok' 하라

'it's ok'는 삶의 달인의 기술 또는 지혜입니다.

아침에 일어나 밤에 잠잘 때까지 우리 앞에는 수많은 상황이 연출되며 반 이상이 부정적입니다. 그 순간 알아차리지 못하고 저항하거나 거부하면 자책감, 분노, 긴장, 짜증 등의 고통과 스트레스가 발생하고 상황을 더욱 악화시킵니다.

매순간 어떤 상황이든 우선 'it's ok' 하십시오.

'it's ok' 하는 순간 우리는 상황으로부터 빠져나와 초연하게 상황을 관조할 수 있습니다. 고요히 상황을 느끼십시오.

평정의 차원에서 지혜가 떠오르기를 기다리십시오.

상황을 거부하고 열을 내어 판단하는 것과 일단 받아들이고 느끼면서 평정심의 상태에서 판단하는 것은 큰 차이가 나며, 이것이 하루의 성공과 행복을 좌우합니다.

어떠한 상황에서도 일단 'it's ok' 하는 태도를 갖는다면 마음이 안정되고 평정심을 되찾아 지혜로운 대처를 할 수 있습니다.

평화롭지 못한 상황을 받아들이는 순간 내면의 불안이 평화로 바뀌는 내맡김의 기적을 일으킬 수 있습니다.

고통스런 상황이 발생하는 순간에도 'it's ok' 하면서 '이 상황은, 이 고통은 나에게 어떤 깨달음을 줄까?' 하는 설렘으로 맞이하십시오.

거부하지 않고 일단 받아들이고 긍정할 때 그 상황이 주는 교훈까지 얻을 수 있는 여유가 생깁니다.

고통을 삶의 일부로서 받아들이고, 고통을 극복하려 하기보다는 고통 자체를 삶의 깊이를 더하는 기회로 만드십시오. 그러므로 고통에 저항하기보다는 받아들이고 깊이 이해하려고 노력하십시오.

우리가 현재의 순간에 항상 "예"라고 말할 수 있으면 삶 전체가 기적적으로 바뀔 것이며 이것이 바로 삶의 연금술입니다.

이종룡은 그의 책 『3억 5천만 원의 전쟁』에서 매일 2시간 자고, 20시간 동안 7개의 아르바이트를 하면서 10년 동안 빚을 다 갚았다고 말합니다.

그가 일어선 계기는 몸이 불편한 한 장애인이 텔레비전에 나와서 말한 다음 구절이었습니다.

"산다는 건 축복이 아니겠습니까!"

그것은 '거룩한 긍정'이었습니다. 그 후 그는 힘들고 배고플 때마다 다음과 같이 말했다고 합니다.

"아이고, 힘들어서 잘살겠다!"

"아침밥을 안 먹었더니 든든하구나!"

그는 신문배달 중에는 신문 뭉치를 드는 것을 팔 운동으로, 계단을 오르내리는 것을 다리 근력운동으로 생각했으며, 스트레스를 적당한 긴장감을 주는 삶의 활력소로 간주했습니다.

절대 긍정이란 그 어떤 상황에서도 삶을 기꺼이 즐기겠다는 자세를 말합니다. 절대 긍정은 상황을 긍정적으로 받아들일 뿐 아니라 고통조차 기꺼이 감수하고 주어진 삶을 즐기는 것입니다.

어떤 상황이든 즐기려고 노력하십시오!

현대그룹 고 정주영 회장은 말합니다.

"나는 골치 아프고 힘든 일이 쌓여 있는 날은 그 일이 해결되었을 때의 기쁨을 떠올리며 회사로 출근합니다."

암에 걸려 도저히 가망이 없다는 진단을 받고도 끝까지 삶을 포기하지 않은 극작가 겸 배우였던 에반스 핸들러는 말합니다.

"치과 진료용 의자에 앉아 드르륵 드릴 소리를 들으며 몸을 비비 꼬는 것도 기쁨을 안겨준다. 이것은 내가 고통을 즐기기 때문이 아니라 인생의 모든 경험을 기쁘게 받아들이기 때문이다."

슬픔도 가슴 설레며 맞이하십시오. 슬픔에도 인생의 깊은 맛을 느낄 수 있습니다.

고난과 불행의 연속에도 불구하고 행복하고 평화로울 수 있는 사람이야말로 진정 성공한 사람입니다. 고통이 클수록 그것을 극복하고 즐길 수 있을 때 삶은 더 빛나는 보석이 됩니다. 니체는 "나를 죽이지 않는 범위 내에서 나를 힘들게 하는 것이라면 나를 더 강하게 만들 뿐이다."라고 말한 바 있습니다.

하마구치 나오타의 『세계 리더들이 전하는 위대한 조언』에 다음과 같은 구절이 있습니다.

"문제를 즐겨라! 모든 것이 잘 풀릴 때가 이상하고 오히려 나쁜 상황이 당연하다. 다음이 나의 좌우명이다. '문제가 생긴다니, 좋아!' 고민하고 풀어 가면 그만큼 성장하는 것이며, 문제를 극복하면 새로운 세상이 열리는 것이다."

문제가 없는 유일한 곳은 공동묘지입니다. 살아 있는 한 우리의 삶은 수많은 문제의 연속일 뿐입니다. 문제는 위기가 아니라 그것을 사랑의 눈으로 바라보고 영감에 의해 행동, 해결하여 성장할 수 있는 기회입니다. 문제가 발생하는 순간 알아차리고 'it's ok' 하십시오.

거울과 같은 삶을 살라

'it's ok'는 우리 앞에 전개되는 삶을 거울처럼 받아들이는 것입니다. 거울은 좋고 나쁜 것을 가려서 비추는 것이 아니라 모든 것을 나타나는 그대로 받아들입니다.

하루에도 수많은 풍경, 상황, 사건, 사람들이 우리 마음의 거울에 비쳤다 사라집니다. 거울에 비치는 것이 무엇이든 그 순간 알아차리고 바라보십시오. 좋은 일이든 나쁜 일이든 일단 받아들이고 거울에 비치는 동안 '즐기겠다!'고 다짐하십시오.

기쁨, 슬픔, 환희, 고통도 잠시 비치다가 곧 사라집니다.

거울에 비친 삶은 모두가 거룩한 것. 있는 그대로 받아들이십시오.

거울에 비치는 모든 것에 'it's ok' 하십시오.

거울은 모든 것을 받아들이지만 비추어지는 것에 의해 오염되지 않습니다.

에크하르트 툴레는 말합니다.

"있는 그대로를 인정할 때 매 순간이 최상의 순간이 됩니다. 이것이 깨달음입니다."

현재를 거울처럼 사는 것은 상황을 탓하거나 집착하지 않고 초연하게 지켜보는 것입니다. 설령 문제가 있더라도 일단 지금 이 순간의 '있음'을 받아들이고 난 후, 이 상황에서 빠져나오기 위한 빛의 선택을 할 수 있습니다.

내적 저항은 고통의 원인

우리는 저항으로 가득 찬 삶을 살고 있습니다. 수시로 부정, 실패, 좌절, 상실 등과 관련된 상황과 이에 대한 자동적인 저항의 반응을 하게 됩니다. 그러나 지금 이 순간을 알아차려 받아들이고 절대 긍정하는 대신 저항하고 부정하는 것은 어둠의 선택으로 고통의 원인이 됩니다.

내면의 저항은 있는 그대로에 대해 "아니다"라고 말하는 것입니다. 내면의 저항은 긴장을 의미합니다. 긴장하면 마음과 신체가 수축합니다. 생명 에너지가 차단됩니다.

모든 형태의 고통과 불행, 부정적 감정들은 내적 저항의 결과입니다. 고통은 상황이 아니라 상황에 대한 우리의 저항이 만듭니다. 저항하지 않고 지켜보고 받아들일 때, 내맡길 때, 절대 긍정의 상태에서 존재의 근원 에너지 통로가 열리며, 영적 에너지가 방출됩니다. 그리하면 빛의 선택으로 더 높은 의식 수준에서 행동할 수 있습니다.

저항이 사라지면 축복과 빛 속에서 자유롭게 살 수 있습니다. 진정한 무위는 내적 무저항과 강한 알아차림, 즉 저항하지 않음의 상태에 있으면서도 활짝 깨어 있는 것을 의미합니다. 어떤 일이든 저항하지 말고 일단 허용하고 지켜보십시오.

빛은 우주의 근원 에너지

완전한 깨달음을 얻은 부처님이나 예수님을 우리는 빛으로 묘사합니다. 세상 모든 사람의 마음속에도 빛의 광맥이 묻혀 있습니다. 우리가 더 많이 깨어 있을수록 우리의 빛은 강해집니다.

"저 사람은 어떻게 저렇게 온통 빛이 날 수 있을까?"라는 말을 들을 정도로 깨어 있으십시오.

영혼이 빛나는 사람이 되십시오. 영혼이 빛날 때 빛의 선택은 자연스럽게 일어납니다. 이상적인 인간은 권력자나 부자가 아니라 빛나는 영혼의 소유자입니다. 단 하루라도 영혼의 빛에 따라 삶을 사는 것이 제대로 사는 것입니다.

이것이 공자가 말한 "낮에 도를 깨우치면 저녁에 죽어도 좋다." 는 말의 진정한 의미입니다.

빛 에너지로 우주 전체와 교감할 수 있습니다. 빛이 나타나면 어둠이 사라집니다. 어둠은 다만 빛의 부재일 뿐입니다. 빛의 선택이 습관화되고 빛 호흡 명상이 점차 깊어질수록 빛과 환희가 일상생활의 매 순간마다 더욱 넘치게 될 것입니다.

빛 호흡 명상 실습

　빛 호흡 명상은 '알, 빛, 집'을 습관화하기 위한 중요한 명상으로 매 행위마다 의식적으로 하십시오. 빛 호흡 명상 속에는 감사 명상, 자애 명상, 알아차림 명상이 포함되어 있습니다.

　편안한 자세로 앉거나 눕습니다. 일과 중에는 편안한 자세로 실시합니다. 몸과 마음의 긴장을 풀고 천천히 깊고 고요하게 심호흡을 합니다.

첫 번째 호흡: 감사의 빛 명상

　숨을 들이쉬면서 '내 마음에 평화'를 마음속으로 말하면서 우주의 빛(그리스도의 빛 또는 부처의 자비의 빛) 에너지가 내 몸속에 들어온다고 생각합니다. 그 빛이 내 안의 모든 어둠, 불순물을 제거하여 생각과 감정이 정화되어 몸과 마음이 지극히 순수하고 평안하게 되는 것을 상상합니다.

　숨을 내쉬면서 '내 얼굴에 미소'를 말하면서 실제로 미소를 지어봅니다. 존재 전체로 감사의 미소를 지으십시오. 우주의 빛이 몸을 감싸고 행복이 충만함을 느껴봅니다.

두 번째 호흡: 자애의 빛 명상

이 순간 우리는 부처님이나 예수님의 자비와 사랑의 의식 수준과 동일한 상태가 된다고 상상합니다. 이 호흡은 나의 생각과 욕망, 말과 행위를 신성한 절대자의 의지와 일치시키는 수행법입니다.

숨을 들이쉬면서 '모든 존재자'를 마음속으로 말하면서 삼라만상을 떠올립니다. 주위 상황에 따라 집에서는 가족들을, 직장에서는 동료들을, 지하철에서는 승객들을 떠올립니다.

숨을 내쉬면서 '행복하기'를 마음속으로 말하면서 나로부터 밝은 빛이 넘쳐 나와 삼라만상, 가족, 동료, 승객들을 비추어 그들도 밝은 빛으로 순수하고 행복해지는 모습을 그려봅니다.

세 번째 호흡: 자각과 축복의 빛 명상

숨을 들이쉬면서 '지금 이 순간'을 마음속으로 말하면서 지금 이 순간을 자각합니다. 숨을 내쉬면서 '내 생애 최고의 순간'을 마음속으로 말하면서 이 순간에 몰입하고 즐기며 생애 최고의 순간으로 만들고 있는 자신이 빛으로 충만함을 지켜봅니다.

계속 연습을 해도 빛을 떠올리기 힘든 경우 그냥 마음속으로 말을 하면서 느끼면서 하면 됩니다.

빛 호흡 명상

감사의 빛

내 마음에 평화
내 얼굴에 미소

자애의 빛

모든 존재가
행복하기를

자각과 축복의 빛

지금 이 순간
내 생애 최고의 순간

빛 호흡 명상을 습관화하십시오. 하루의 삶 자체가 빛 명상이
되도록 하십시오. 깨어 있는 동안 수시로 하십시오.

아침에 일어난 직후 알아차리고 빛 명상을 실시합니다. 잠자기
직전에 알아차리고 빛 명상을 실시합니다.

모든 행위를 하기 전후, 식사, 운전, 공부, 업무, 발표 등 어떤 행
위를 하든 그 전후에 빛 명상을 습관적으로 실시하십시오.

제3장

집 중

1. 현재에 집중하라

에크하르트 톨레는 말합니다.

"지금 여기의 삶에 집중해야 합니다. 예전에는 과거나 미래에 살면서 가끔씩만 '지금'을 방문했다면, 앞으로는 '지금'에 살면서 나날의 삶에 필요할 때만 잠깐씩 과거나 미래를 방문하도록 하세요."

사람은 과거는 정체성을, 미래는 구원과 성취를 약속해주기 때문에 집착합니다. 늘 현재에 불만족하면서 미래로 달려가 집착합니다.

'좀 더 돈을 벌면, 성적이 오르면, 승진을 하면, 더 좋은 집을 사면 행복할 거야'라고 생각하면서 현재에 집중하지 못하고 즐기지 못합니다. 항상 무언가 되고 싶고, 가지고 싶고, 성취하고 싶은 생각으로 머리가 점령당합니다.

미래에 대한 희망과 계획은 필요하지만 과도한 미래 집착은 '지금'을 부정하게 만들고 집중, 즉 몰입하고 즐기지 못하게 합니다. 결국 가장 소중한 시간인 '지금 이 순간'을 잃어버립니다. 그러나 삶은 '지금 이 순간'이며 존재하는 유일한 시간은 '지금 이 순간' 뿐이라는 것을 알아차려야 합니다.

법정 스님은 말합니다.

"실체는 늘 지금입니다. 영원한 현재 속에 사는 것이 해탈이고 자유입니다. 생생하게 살아서 행동하는 것, 생생하게 지금 살아 있는 것, 이것이 진리입니다."

새 차나 새 집을 사기 위해 열심히 돈을 모으는 동안에도 지금 타는 고물 차를 즐겁게 타고 다니며, 지금 사는 좁은 집도 감사하면서 행복할 수 있어야 합니다.

우리는 언제 죽을지 모릅니다. 생사학(生死學) 연구가 오진탁 교수는 "죽음은 어느 때나 오고, 누구에게나 오고, 어디서나 오고, 어떤 형태로든 올 수 있다."고 말합니다. 그러므로 오늘을 내 생애 최후의 날처럼 소중하게 여기고 매 순간 집중하며 살아야 합니다.

"과거는 부도난 수표요, 미래는 약속어음, 현재는 현금이다."라는 말이 있습니다.

우리는 과거에 살 수 없습니다. 우리는 미래에도 살 수 없습니다. 오직 현재에만 살 수 있지요. 그러나 생각중독은 생각 속에서 과거와 미래에 살게 합니다. 그러나 사실 그 순간은 실제로 생생하게 살아 있는 것이 아니라 후회, 자책, 불안, 초조 등 온갖 번뇌와 망상으로 마음이 고통 받고 있는 중입니다. 그것은 죽어 있는 것과 같습니다.

하루 중 제대로 살아 있는 것은 지금 현재에 몰입하고 즐길 때 뿐입니다. 그러므로 과거, 미래를 벗어나 지금 이곳을 극대화해서 집중하는 삶을 살아야 합니다.

에크하르트 툴레는 지금 이 순간 충만하게, 강렬하게 집중하고 있을 때만이 진정한 존재 상태를 느낄 수 있다고 합니다.

진정한 존재 상태에서는 살아 있는 매 순간이 기적이며, 기적 속에서 삶에 감사하고 즐길 수 있습니다.

집중을 위해서는 절대 긍정의 마음자세가 필요합니다. 절대 긍정의 삶이란 현재 이 순간을 무조건적으로 즉각 받아들이는 것입니다. 저항의 마음이 있으면 집중할 수 없습니다. 저항의 마음을 내려놓고 삶의 흐름을 있는 그대로 받아들여 온 가슴으로 지금 여기에 집중하는 것입니다.

현재 집중은 무엇을 하건 몰입하고 즐기는 것입니다!
대화할 때는 대화에, 식사할 때는 식사에, 일할 때는 일에 몰입하며 즐겨야 합니다. 단 한 번이라도 집중하고 몰입해서 식사해 봤습니까? 그렇지 못하면 단 한 번도 식사다운 식사를 하지 못한 것입니다.

산해진미가 중요한 것이 아닙니다. 소박한 식사라도 제대로 몰입하여 먹으면 감사하고 행복하게 먹을 수 있습니다.

단 한 번이라도 몰입해서 대화해봤습니까? 가슴으로 온몸으로 경청하며 진실 되게 말해봤습니까?

집중력이 커질수록 감각이 선명해지고, 감정이 안정되고 지성은 명석해집니다. 그리하여 삶의 순간순간이 보다 알차고 의미 있게 됩니다. 집중은 행동 결과에 집착하지 않고 행위 자체에, 과정에 몰입하고 즐기는 것입니다.

몰입은 에너지 집중

우리의 마음은 평상시는 무질서 상태에 있으며, 생각은 논리적 인과 관계에 따라서가 아니라 두서없이 꼬리에 꼬리를 물고 전개됩니다. 그래서 집중력이 부족한 사람은 이것저것 다양한 것을 시도하지만 에너지 집중이 안 돼 별 성과를 올리지 못합니다.

태양빛이 돋보기에 집중될 때 종이를 태울 수 있는 것처럼 우리의 에너지는 집중될 때 최고의 효과를 발휘합니다.

"재능은 10배, 집중은 100배의 차이를 만든다."는 말이 있습니다.

교세라를 세계 초일류기업으로 키운 원동력이 집중임을 강조하면서 이나모리 가즈오는 말합니다.

"집중은 송곳과 같다. 송곳의 날카로운 끝 부분에는 모든 힘이 집중된다. 그리고 집중력의 정도는 그 끝이 얼마나 뾰족하고 날카로운가에 따라 달라진다. 고도의 집중력은 실수를 줄이고 어떤 문제가 일어나도 곧바로 문제의 핵심을 파악해 해결할 수 있다."

천재의 조건 1위가 집중력, 2위가 인내심, 3위가 두뇌라고 합니다. 천재는 집중력에 통달한 사람입니다. 에너지가 집중될 때 우리는 하루를 성과 있고 즐겁게 보낼 수 있습니다.

2. 감각에 몰입하고 즐겨라

삶의 매 순간을 즐기십시오!

헬렌 켈러 여사는 말합니다.

"오늘이 당신의 마지막 날이라 생각하고 당신의 눈을 사용하고, 귀로 말소리, 새 소리, 오케스트라의 힘찬 선율을 듣고, 감각으로 물체를 만져보고, 코로 꽃향기를 마시고, 혀로 매 술잔마다 맛을 음미하십시오."

만일 오늘 하루밖에 삶이 남아 있지 않다면 우리는 차 한 잔을 마시더라도 집중해서 마실 것이며, 노래를 듣더라도 몰입해서 들을 것입니다. 매 순간에 의미를 부여할 것입니다. 평소에도 왜 이렇게 살지 못할까요? 평소에도 우리는 현재의 감각에 집중해야 합니다. 마음중독으로 의식이 과거와 미래로 떠다닐 때 우리는 많은 소중한 순간들을 잃게 됩니다.

만약 당신이 지금 여기에 있지 않다면 비록 새들이 노래해도 그 소리를 듣지 못할 것이며, 꽃밭 속에 있더라도 그 자태를 보지 못하고 향기를 맡지 못할 것입니다. 그것은 당신이 과거나 미래의 생각에 빠져 있기 때문입니다. 현재에 집중하지 못하면 보아도 보지 못하고, 들어도 듣지 못하며 제대로 느끼고 즐길 수 없습니다.

매 순간 생각보다 감각에 몰입하고 즐기려고 노력하십시오. 생각은 우리를 과거와 미래로 끌고 다닐 뿐 아니라 긴장하고 경직하게 만드는 반면, 감각은 현재에 집중하게 하고 마음을 부드럽게 이완시킵니다. 생각중독이 시간과 에너지를 과도하게 소진시키는 반면 감각 집중은 상대적으로 에너지 소비가 적습니다.

'지금 무엇을 생각하고 있는가?'를 알아차리는 것도 중요하지만, '지금 무엇을 느끼고 있는가?'를 알아차리는 것도 중요합니다. 나는 지금 무엇을 보고, 듣고, 느끼고, 냄새 맡고 있는가를 알아차리고 제대로 몰입해보십시오.

좀 더 행복해지고 싶다면 좀 더 감각에 집중해야 합니다. 행복은 '나는 부자다', '나는 잘생겼다.', '나는 공부를 잘한다'라는 머리의 생각, 비교, 분석에서 오는 것이 아니라 소소한 일상의 기쁨을 가슴으로부터 제대로 느끼는 것들이 모여서 이루어지기 때문입니다. 순수한 행복감은 새로운 목표를 끊임없이 추구하고 성취하는 것에 의해서가 아니라 일상적 삶의 단순한 일에서 기뻐하고 만족할 때 찾아옵니다.

감각 집중이 잘되면 섬세한 부분까지 느낄 수 있습니다. 식사할 때 음식에 대한 감각 집중은 지금까지 느껴보지 못했던 음식의 고유하고 깊은 맛을 알아차리고 즐길 수 있게 합니다.

사소한 일상적인 활동에서도 감각에 몰입하고 즐겨보십시오.

걸을 때 발에 의식을 집중하고 걸어보십시오.

손을 씻을 때 물 흐르는 소리, 물이 손에 닿은 느낌, 비누의 향기 등 모든 세세한 감각에 주의를 기울여보십시오.

설거지할 동안 흘러내리는 물의 감촉과 깨끗해지는 그릇들을 보는 즐거움에 몰입해보십시오.

차를 탈 때 출발하기 전, 심호흡을 하면서 자신의 숨결에 집중해보십시오. 신차를 처음시승할 때의 설렘을 다시 느껴보십시오.

신발 속에 있는 발을 느끼고, 입고 있는 옷의 천을 느껴보십시오.

집중과 몰입은 삶을 제대로 실감나게 즐기는 최고의 기술입니다.

비교하거나 결과를 걱정하지 말고 지금 이 순간 'it's ok' 하면서 과정과 감각에 몰입하십시오.

지금 이 순간 하고 있는 일에 진심으로 몰입하여 즐길 수 있다면, 우리는 매일 행복한 삶을 살 수 있을 것입니다.

집중이 잘 안 될 경우

모든 일이 저절로 몰입되고 즐기게 된다면 얼마나 좋겠습니까! 하지만 게임이나 영화 등은 저절로 몰입되고 즐기게 되는 반면, 꼭 필요한 공부, 작업, 운동 등은 몰입하기 힘들고 즐기기는 더욱 어렵습니다. 이러한 중요하지만 하기 싫은 일들은 하려는 순간 생각중독으로 인해 짜증이 나고, 스트레스를 받아 미루게 되기 쉽고, 하더라도 몰입도 안 되고, 능률도 오르지 않습니다.

이 경우 우선 '하기 싫어', '다음에 하자' 등의 생각중독으로부터 벗어나야 합니다. 호흡 집중으로 알아차려 부정적 생각과 느낌을 제거해 마음을 안정시키고, 심호흡으로 탁한 에너지를 배출하고 신선한 에너지를 충전시킵니다.

절대 긍정을 선택하여 하고자 하는 일에 호감, 신바람, 신명을 부여합니다.

'it's ok', '이 일이 즐겁다', '이 일이 좋다', '이 순간 최고로 감사하고, 행복하고, 만족한다' 등을 선택합니다. 그리고 결과는 잊고 일의 과정에 몰입하고 즐깁니다.

수업 중 제출된 과제물에 다음과 같은 글이 있었습니다. 간호학과 1학년 학생의 전공 수업 중 일어난 일이었습니다.

"전공수업이 힘들어 쉬고 싶었다. 그러나 어차피 들어야 하는 수업이라면 즐겁게 듣자고 생각했다. 마음속으로 '재미있다', '이 과목은 참 사랑스럽고 흥미 있는 과목이야' 하고 계속 생각하며 수업을 들으니 신기하게도 남은 수업시간이 빨리 지나갔다."

아무리 고되고 힘든 일이라도 마음먹기에 따라 얼마든지 즐길 수 있습니다. 치과에서 이를 뽑는 고통의 순간도 몰입하고 즐길 수 있습니다.

골칫거리들을 없애고 난 후 즐기고 행복해지려고 하지 마십시오. 아마 죽기 전까지 골칫거리들은 계속 생길 것입니다. 절대 긍정의 삶이란 골칫거리들이 있음에도 불구하고 즐기고 행복하려고 노력하는 것입니다.

그러므로 어떤 상황이 주어진다 해도, 어떤 사건이 일어난다 해도, 최악의 상황이 전개된다 하더라도 몰입하고 즐기려고 하십시오. 일단 'it's ok' 하고 내 앞에 주어진 삶은 설령 그것이 고통이라 하더라도 감수하면서 무조건 즐기겠다는 자세로 맞이하십시오.

명상의 목표는 이와 같이 생각이 과거나 미래로 떠돌지 않고 현재 감각의 세계, 즉 시각, 청각, 후각, 미각, 촉각에 집중하는 것, 즉 감각에 몰입하고 즐기는 것입니다.

생각모드에서 감각모드로 변환하여 모든 감각을 활짝 열어 놓으십시오. 몰입하기 전에 심호흡을 세 번 하십시오. 호흡 집중은 현재로 의식을 전환시켜 몰입하게 하는 최고의 도우미입니다.

완전한 몰입의 상태에서 우리는 최상의 경험을 하고, 최고의 기량을 발휘하며 최고의 즐거움을 느낄 수 있습니다. 생각을 멈추고 조용히 집중하면 에너지가 모입니다.

항상 내적 고요함을 느끼십시오.

항상 내적 에너지를 의식하십시오.

온몸으로 듣고, 느끼고, 읽고, 몰입하십시오.

마틴 루터 킹 2세는 말합니다.

"만약 어떤 사람이 거리 환경미화원의 사명을 타고났다면, 그는 미켈란젤로가 그림을 그리듯이, 베토벤이 음악을 만들듯이, 셰익스피어가 시를 쓰듯이 그렇게 몰입하며 거리를 쓸어야 한다."

'무엇을 하는가'보다 '어떻게 하는가'가 중요한 것입니다. 무엇을 하든 몰입하고 즐기십시오!

3. 집중의 삶과 집착의 삶

산길을 가다가 너무나 화사하게 핀 꽃을 보았습니다. 그 아름다운 자태와 감미로운 꽃향기가 온 마음을 사로잡았습니다. 잠시 모든 것을 잊고 그 꽃에 몰입하고 즐겼습니다. 잠시 후 아쉽지만 그 꽃과 작별을 고하고 가던 길을 갑니다. 이것은 꽃에 대한 집중입니다.

길을 가다가 같은 꽃을 보았습니다. '저 꽃을 꺾어다 화병에 넣어 오랫동안 감상해야지' 하고 꺾었습니다. 이것은 꽃에 대한 집착입니다.

인생은 짧은 여행입니다. 천년만년 사는 것이 아니라 잠시 머물다가 떠나야 합니다. 재산, 권력, 지위 등을 꽉 잡고 놓지 않으려고 발버둥 쳐도 잠시 후면 곧 늙고, 병들고, 모든 것을 다 버리고 떠나야 합니다.

집중은 존재의 삶입니다. 순간순간 만물과 참으로 더불어 있는 것입니다.

집착은 에고의 삶, 소유의 삶입니다. 남보다 '나'가 우선이고, '나의 것'에 집착합니다.

집중은 삶을 끊임없이 변화하는 것, 즉 무상하다고 봅니다. 삶을 멋진 여행으로 여기고 지금의 삶을 즐기며, 주어진 순간 최선을 다합니다.

집착은 영원히 살 것처럼 소유하고, 지배하고, 애착합니다.

집중은 내면의 소리에 귀 기울이고 진, 선, 미를 추구합니다.

집착은 광고와 타인의 시선에 귀를 기울이고 부, 권력, 명예, 육체적 향락을 추구합니다.

집중은 주어진 것에 만족하고 즐거워합니다.

집착은 가진 것보다 아직 가지지 않은 것 때문에 괴로워합니다.

집중은 과정에 충실하지만, 결과에 연연하지 않습니다.

집착은 성적, 업적, 소득, 승진 등 결과에 얽매입니다. 그래서 집착하는 과정 중에는 불안, 초조하고 원하는 결과를 달성하지 못하면 고통스럽습니다. 또한 원하는 결과를 얻어도 허탈하거나 새로운 집착 대상을 찾기 마련입니다.

집중의 행복은 가슴으로 느낍니다. 주어진 삶을 있는 그대로 받아들이고 감사하게 즐깁니다.

집착의 행복은 머리로 생각합니다. 남과 자신의 지갑, 차, 직급, 학벌, 외모 등을 비교하고 상대적인 우월감 속에 행복하다고 계산하는 것입니다.

집중의 행복은 기쁨, 은근함, 지속성을 가지며 집착의 행복은 쾌락, 짜릿함, 일시성을 갖습니다.

식사할 때 감사한 마음으로 여유 있게 천천히 맛을 음미하고 먹는 것은 집중입니다. 주위를 두리번거리며 남의 음식과 비교하고 반찬투정을 부리며 급하게 게걸스럽게 먹는 것은 집착입니다.

집중의 사랑은 상대방을 있는 그대로 받아들이고 자기가 원하는 식으로 개조하려고 하지 않습니다.

집착의 사랑은 상대방을 소유하고 개조하려 합니다. 소유가 불안할 때 질투하고 그리하여 사랑을 질식시킵니다.

집중은 지금 여기를 소중히 여기고 현재에 충실하고 즐깁니다.

집착은 과거를 후회하고 미래를 걱정하느라 현재를 즐기지 못하는 삶의 양식입니다.

항상 비교하고, 경쟁하고, 움켜쥐고, 비축하고 두리번거리며, 좀 더 돈을 벌면, 더 넓은 집으로 이사 가면, 승진을 하면 행복할 것이라고 생각하며 지금 이 순간 즐기지 못하는 삶이 바로 집착의 삶입니다.

성적, 업적, 승진 등 모든 경쟁에 대한 집착, 의식주에 대한 집착, 외모나 섹스에 대한 집착 등은 고통의 원인이며 현재를 즐길 수 없게 합니다. 왜냐하면 집착에는 몰입은 있으나 즐김이 결여되기 때문입니다.

삶을 즐긴다는 것은 지금 이 순간 집중하는 것입니다.

매 순간 삶에 집중하십시오.

매 순간 삶을 있는 그대로 받아들이고 즐기십시오.

집중은 우리의 삶을 깊고, 맑고 향기롭게 만듭니다. 하지만 집착은 우리의 삶을 항상 불안, 초조하게 하고, 대상에 얽매이게 하는 불행의 씨앗입니다.

집중은 우리의 영혼을 평안하게 하고 풍요롭게 하지만, 집착은 우리의 영혼을 불안하게 하고 궁핍하게 만듭니다.

이 순간 집중을 위해 수시로 호흡에 집중하십시오. 호흡에 집중하면 지금 이 순간 집중할 뿐만 아니라 생각과 감정과 말과 행동을 깨어 있게 해줍니다.

이 글을 읽고 있는 순간 바늘에 실을 꿸 때처럼 호흡이 깊고 부드럽습니까? 그렇다면 집중의 상태입니다. 아니면 호흡이 거칠고 빠릅니까? 그렇다면 집착의 상태입니다. 집중은 에고가 조용할 때이며, 집착은 에고가 날뛸 때입니다. 다시 한 번 호흡에 집중하십시오. 그러면 이 순간 집중할 수 있습니다.

'알, 빛, 집' 요약

행복공식 '알, 빛, 집'은 "지금 이 순간을 내 생애 최고의 순간으로 만들고 있는가?"를 체크하고 실천하는 삶의 기술입니다.

'알, 빛, 집'은 '매사에 알아차리고 빛을 선택하여 집중, 즉 몰입하고 즐기는 것'입니다.

1. 호흡 집중을 통해 '지금 이 순간 나는 무엇을 하고 있는가?' 알아차림

호흡 집중을 통해 수시로 나의 느낌, 생각, 말, 행동 등을 알아차려야 합니다. 아침에 눈뜰 때 눈 떴음을 알아차리고, 일어날 때 일어남을 알아차리십시오. 옷 입을 때 옷 입고 있음을 알아차리고, 세수할 때 세수함을 알아차리십시오. 식사할 때 식사함을 알아차리고, 운전할 때 운전함을 알아차리십시오. 매사에 알아차림이 유지되어야 합니다.

2. 빛의 선택

어떤 상황에서도 'it's ok', 절대 긍정하며, 평정의 마음으로 어둠인 저항, 부정, 미움, 분리대신에 빛인 수용, 긍정, 사랑, 합일의 에너지를 선택합니다.

식사 중에 알아차린다면, 식사는 소중한 일입니다. 계속 식사를 선택하고 집중하면 됩니다. 잡생각을 하다 알아차린다면, 다시 긍정적 에너지를 발생하는 생각을 선택하면 됩니다.

대화하다 알아차리면 경청하거나 솔직하고 긍정적인 말을 선택하면 됩니다.

빛의 선택은 절대 긍정의 삶, 감사와 자애의 삶을 선택하는 것입니다.

3. 지금 하는 일에 몰입하고 즐긴다.

지금 이 순간 시간, 일, 사람에 긍정적인 에너지를 집중하여 몰입합니다.

어떤 일이든 일단 시작하면 몰입하고 즐기려고 노력합니다.

모든 일을 늘 쉽다고 생각합니다.

용쓰지 않고 자연스럽게 합니다.

결과에 집착하지 않고 과정, 감각에 몰입하고 즐깁니다.

학생들이 수업 중에 발표한 '알, 빛, 집' 실천 사례들

　사회대의 한 학생이 종강시간 '알, 빛, 집' 실천소감에 대해 말했습니다.

　"교수님 저는 더 이상 과거의 제가 아닙니다. 감사합니다!"

　상대의 한 학생은 길을 가다 지갑을 주어 돈만 가지고 지갑을 버리고 가다가 알아차렸습니다. 그가 말했습니다.

　"알아차리고 나니 더 이상 돈을 가지고 있을 수 없었습니다."

　그는 돈을 다시 넣고 신분증에 적힌 주소가 자신과 같은 동네인 것을 알고 지갑을 그 집 우편함에 넣었습니다. 신분증 위에는 다음과 같은 글귀가 포스트잇에 적혀 붙어 있었습니다.

　"○○○강의 ○○○ 교수님께 감사하세요!"

　술잔을 받을 때마다 알아차리고 절주했고, 안주를 먹을 때마다 절제하게 되었다.

　지나가는 벌레를 죽이려다 벌레도 생명이라는 것을 깨닫고 살려주었다.

　영어 듣기 중 딴생각이 나면 '아, 딴생각이 나는구나!'라고 알아차리고 다시 집중할 수 있었다.

감사 명상을 지속적으로 하니 어느 순간 자연스럽게 감사의 마음이 자리 잡았다.

  과제를 뒤로 미루고 싶은 순간 '지금 해야 뒤에 힘들지 않을 것'을 알아차리고 과제에 집중했다.

  설거지가 하기 싫었지만 '나는 설거지를 세상에서 제일 좋아해'라고 외치고 즐겁게 했다.

  처음에는 잘 느끼지 못했지만 설거지할 때 쓰는 고무장갑에도 감사를 느꼈다.

  나는 되돌아보고 명상하고 인사하고 미소 짓는 등 모든 훈련이 잘돼야 제대로 칭찬할 수 있다는 것을 깨달았다.

  칭찬을 통해 다른 사람의 몰랐던 점뿐 아니라 나 자신의 몰랐던 점도 되돌아보는 계기가 되었다.

  알아차림 덕분에 부모님께 존댓말을 쓰기 시작했다.

  화가 나려는 순간 숨을 고르고 잠시 눈을 감고 '이 상황이 정말 화를 내야 하는 상황인가' 다시 한 번 생각하고 눈을 뜨니 화가 사라졌다.

2010년 2학기 '알, 빛, 집' 실천 수업소감

2010 창원대학교 기초교육원 우수강의
에세이 경진대회 최우수상 당선 글

일　시: 2011년 1월 25일
수상자: 국제관계학과 1학년 오정하
과　　목: 성공과 행복의 철학
　　　　철학과 이수원 교수 강의

학생이 스스로 알아차릴 수 있는 강의(강의 소개 및 특성)

　성공과 행복의 철학. 이름만 듣는다면 참 심오할 것만 같은 강의이다. 철학… 철학? 처음 받은 느낌은 철학이라고 해서 철학자로 흔히 알려진 소크라테스, 공자, 맹자와 같은 철학자들의 말을 빌려와 성공이나 행복이라는 말에 빗대어 그렇게 짜 맞추는 억지스러운 수업이 아닐까 생각했다. 그러나 성공과 행복의 철학이라는 강의는 굉장히 흥미롭다. 우선 성공과 행복의 철학 강의는 나에게 성공을 위해서는 무엇을, 행복을 위해서는 무엇을 해야 하는가에 대한 것을 일깨워 주는 수업이라고 할 수 있다. 내가 미처 인식하지 못하고 스쳐지나갔던 부분들을 교수님이 제시해 주시면, 스스로 자신에 대해 다시 인지하게 되며, 몸으로 실천하게 된다. 강의의 시작과 끝은 항상 일정하다. 시작할 때도 종소리와 함께 5분 명상을 하고, 마칠 때도 5분 명상을 하여 바쁘게 살아가는 우리 마음의 긴장감과 조급함을 달래준다. 릴렉스 체조로 3시간 연강인 강의에 휴식을 취하기도 한다. 주로 학생들이 직접 참여하는 강의이기 때문에, 교수님의 말씀뿐 아니라 다른 학생들의 이야기도 들으며 안타까운 이야기에는 함께 눈물짓기도 하고, 축하해야 할 이야기에는 박수도 쳐주며 수업을 듣는 모두가 호흡하고 공유하는 수업이다.

조금 더 친근하게, 칭찬은 고래도 춤추게 한다!(교수의 노력)

교수님은 다 같이 참여하는 수업, 학생이 조금 더 흥미를 느낄 수 있도록 분위기를 만들어 주신다. 첫 수업에 교수님께서 증명사진을 한 장 내라고 하셨다. 한 학기를 같이 수업 하는데 모두의 이름까지는 아니더라도, 얼굴정도는 기억하시고 학생들을 알아보기 위한 것이라고 하셨다. 한 학기 수업하고 만나지 않을 학생들이 대부분이지만 그렇게 학생들을 기억해주신다고 하셔서 감사했다. 연세가 조~금 있으신 교수님이지만 학생의 마음을 잘 알아봐 주신다. 교수님은 매 수업마다 쇼핑백에 초콜릿과 초코바를 챙겨 오셔서, 지난 과제를 잘한 학생에게는 잘 했다고 선물을 주신다. 잘한 학생뿐만 아니라 노력이 필요한 학생들에게도 더 열심히 하라고 선물을 주신다. 처벌과 위엄이 아니라 다독이면서 동기부여를 해주신다. 그걸 보는 학생들도 '내가 더 열심히 해서 다음번엔 내가 칭찬받아야지'하는 생각으로 더 잘하게 되고, 더 열심히 신경을 써서 하게 되었던 것 같다.

교수님은 모두 다 기억하고 계신다(교수-학습 상호작용과 피드백)

이 강의는 시험은 없지만, 대신에 매 주마다 제출하는 과제가 있다. 과제에는 자신이 한주동안 얼마나 효율적인 시간을 보냈나, 그리고 굿 뉴스라는 한주간의 좋은 소식을 적기도 하고, 알빛집(알아차림, 빛의 선택, 집중명상) 실천 활동을 적어서 매 주 제출한다. 그러면 교수님께서는 매번 그것을 다 읽어보시고, 수업 시간에 모든 학생의 이름을 다 부르시면서 학생의 일주일을 지켜봐 주신다. 예를 들어 굿 뉴스에 다이어트를 하는데 5kg을 감량했다라고 적어서 제출했다면, 교수님께서 수업시간에 '정하가 다이어트에 성공했네, 잘했다'라고 하시며 축하해주시고, 이번 주에 술을 안마시기로 다짐했지만 마셨다고 적는다면 다음 주에는 술을 참으라고 충고도 해 주신다. 나 혼자 다짐하고 실천하려 하면 잘 안 되지만, 교수님께서 나의 글을 보시고 기억해 주시니까, 뱉고 끝나는 말이 아닌 행동으로 실천하기 위해 노력하는 나를 발견할 수 있었다.

주는 것의 행복의 의미(강의로 인한 학습력 및 학습의지)

성행철 수업시간에는 과제를 발표하는 시간을 갖는다. 고등학교 내내 선생님께 주입식으로 수업을 받고 내 의견 표현하는 것은 하지 않아 왔기 때문에 처음 이 강의를 들었을 때는 발표에 대한 많은 두려움이 있었다. 어떻게 해야 하는 것인지, 발표하겠다고 손들기도 너무 부끄러웠었다. 그렇게 한 달 정도 다른 학생이 발표하는 것을 들으면서 어떻게 하면 좋은 것인지 배우게 되었고 나도 조금씩 사람들 앞에 나서서 발표를 할 수 있었다. 못해도 교수님께서는 허허 웃으시면서 잘했다고 말씀해주신다. 한 주마다 좋은 일을 여러 가지 해야 했는데, 전혀 그런 것에 신경쓰지 않았던 내가 어느 순간 인식하고 좋은 일을 하고, 할 것이 없으면 내가 스스로 찾아서 실천하면서 받는 것보다 주는 것이 더 기쁘다는 의미를 깨닫게 되었다.

목표의, 꿈의 구체화(동기부여 증진 사항)

'목표 영상 게시판'을 만드는 과제가 있었다. 내가 막연히 목표로, 하고 싶은 것으로만 생각해 왔던 것을 조금 더 구체화하고 설계할 수 있는 과제였는데, 이 과제를 하면서 내 미래에 대해서 좀 더 자세하게 구상할 수 있었다. 막연히 나는 서비스 직종에서 일하고 싶다고만 생각해 왔었다. 그런데 과제를 하면서 내가 직접 서비스 직종의 사원이 되어 그 직업을 경험하면서 내 생각에서 되고 싶다 하고 끝나는 것이 아니라, 정말 나중에는 내가 이 꿈을 이루었으면 좋겠다는 다짐도 하게 되었고, 좋은 집에서 살고 싶다고 생각만 하고 구체적이게 어떤 집인지는 정하지 못했었는데 과제를 하며 여러 가지 자료도 찾아보게 되면서 마당이 예쁜 집, 지붕은 무슨 색 하면서 내 목표를 구체화 시킬 수 있어서 과제를 하면서 많은 것을 얻었다.

추천 내용

성공과 행복의 철학이라는 과목을 친구의 추천으로 듣게 되었다. 수업도 잘 빼먹는 친구가 수업 공강 때마다 무슨 종이에 뭔가를 쓰곤 했었다. 그래서 내가 도대체 무슨 수업 이길래 과제를 그렇게 열심히 하냐고 친구에게 물었을 때 그때 그 친구가 듣는다던 강의가 바로 성공과 행복의 철학이었다. 그 이후 나도 2학기 때 성공과 행복의 철학을 듣게 되었다. 처음에 수업을 들었을 땐, 그동안 들어오던 수업과는 다른 방식에 적응이 되지 않았다. 맨 처음 시작하는 릴렉스 체조와 더불어 맑은 종소리와 시작하는 명상은 처음 이 강의를 들었던 나에게는 당혹감을 주었지만 점점 강의를 들으면서 내 자신이 바뀌어지는 것을 느낄 수 있었다. 알빛집(알아차림, 빛의 선택, 집중)을 통해서 나의 목표, 내가 해야 할 것들, 반성들…그리고 절제심. 이 수업을 통해서 깨달은 것은 지식이 아닌 생활습관이라는 교훈이다. 이 수업을 통해 얻은 것은 바로 그것이기 때문에 많은 사람들에게 성공과 행복의 철학이라는 강의를 추천하고 싶다.

이지민(국제관계학과)

성공과 행복의 철학 첫 수업시간, 교수님께서 일부러라도 착한 일, 좋은 일을 많이 하라고 하셨다. 일부러라도 하면 나중에는 익숙해져서 그렇게 행동하게 된다는 것이 교수님의 말씀이셨다. 성공과 행복의 철학 수업을 듣는 내내 착한 일, 좋은 일을 하려고 내 스스로 노력하였고, 수업을 종강한 지금도 나에게 어떤 일을 하기 전에 이게 착한 일이 맞는지 다시 생각해보게 만드는 습관을 길러 주었다.

이아름(국제관계학과)

※'알, 빛, 집'은 혼자서 실천하려고 노력하기보다는 2명 이상이 책을 같이 읽고 서로 수시로 알아차림을 체크해주고 격려해주는 것이 더욱 효과적입니다. 그래서 수업시간에는 6~8명씩 조를 만들어 조장을 중심으로 조원들이 서로 협동하여 '알, 빛, 집'을 실천하게 합니다. 그러나 한 학기 동안 '알, 빛, 집'을 열심히 실천한 학생들도 종강과 더불어 지속적으로 알아차리지 못하고 예전의 습관으로 되돌아가는 경우가 대부분입니다. 수십 년 묵은 낡은 습관을 개조하는 것은 쉬운 일이 아닙니다. 그러므로 책을 읽고 이해하는 것만으로는 아무 의미가 없습니다. 생활 속에서 알아차리고 지속적으로 실천하고 습관화되어야 제대로 효과를 발휘합니다.

2부

천지인
에너지 명상

천지인 에너지 명상은 행복공식 '알, 빛, 집'을 하늘 에너지인 호흡, 땅 에너지인 음식, 그리고 인간 에너지인 감사와 자비에 적용시킨 에너지 충전 명상입니다.

제1장

호흡 에너지 명상

1. 호흡 에너지는 생명 에너지

호흡은 생명입니다. 호흡의 시작이 탄생이며, 호흡의 정지가 죽음입니다. 호흡 에너지는 생명 에너지입니다.

한 번 숨을 들이쉴 때 약 1조가 넘는 산소가 인체에 들어와 생명 에너지가 됩니다. 배기량 800cc인 차보다 3,000cc인 차가 힘이 세듯이 호흡량이 많다는 것은 생명 에너지가 강한 것 입니다.

2007년 5월 18일 김상봉(66세), 이장우(63세) 대원이 에베레스트(8,848m) 등정에 성공했습니다. 1919년생으로 서울 공대 교수를 역임한 박희선 옹은 1995년, 77세에 히말라야 메라피크봉(6,654m)을 등정했고, 2003년 85세에는 히말라야 고산 마라톤대

회 최고령 완주기록을 달성했습니다. 이처럼 고령의 나이에도 불구하고 고산을 등정할 수 있는 것은 호흡 에너지가 강했기 때문입니다.

이에 반해 대구 지하철 참사의 경우 대부분 사람들이 연기에 질식해 목숨을 잃었습니다. 호흡 에너지가 강해 오랫동안 숨을 참을 수 있었다면 그 자리에서 벗어나 살 수 있었을 것입니다.

호흡 에너지가 강하다는 것은 호흡이 길고 깊다는 것을 의미합니다. 호흡이 길고 깊으면 산소를 많이 들이마셔 몸의 모든 세포가 활성화되어 건강하게 됩니다. 그러나 호흡이 얕으면 적은 산소로 인해 혈액의 질이 저하되고, 산소 부족은 세포의 기능저하를 초래하여 노화를 촉진시키고, 각종 질병 및 암을 발생시킵니다.

또한 호흡 에너지가 강한 사람은 휘발유 1리터로 20킬로미터 이상 갈 수 있는 하이브리드 차처럼 산소를 적게 소비합니다. 우리 신체에서 세포 사망은 산소소비량에 비례하며, 산소 소비 억제는 건강과 장수의 비결입니다.

호흡 명상은 수십 조의 세포 배터리를 충전하여 호흡 에너지를 증가시키는 것입니다.

고요한 호흡의 상태는 정제된 최고급 휘발유나 전기를 사용하는 하이브리드 차량처럼 효율적이고 최상인 몸 상태를 유지시켜 줍니다. 그러므로 호흡 관리는 에너지 관리의 핵심입니다.

평생 호흡횟수가 정해져 있다?

우리가 일생 동안 호흡하는 횟수는 날 때부터 정해져 있다는 설이 있습니다. 엄밀하게 검증된 것은 아니지만 장수하는 사람들 대부분의 호흡이 느리고 안정적인 것만은 분명합니다. 우리는 1분에 평균 15~18회, 하루 2~2만 5천 번을 호흡하는데, 일생을 80세라 할 때 6~7억 번 숨을 쉬면 생을 마감합니다.

그래서 숨을 아껴 천천히 쉬어야 합니다!

장수하는 동물도 호흡이 느립니다. 갈라파고스거북은 최고 180년, 고래는 120년, 코끼리는 60년을 삽니다. 코끼리와 평생 호흡 개수가 비슷한 쥐는 코끼리보다 20배 빨리 숨을 쉬는 대신 수명은 20분의 1에 불과한 평균 3년 내외입니다.

그러므로 운동도 거친 호흡보다 부드러운 호흡으로 하는 것이 좋으며, 특히 중년 이후에는 과격한 운동보다 요가나 걷기 등이 좋습니다.

화를 잘 내는 사람은 매연 트럭과 같다

성미가 급하고 화를 잘 내는 성격의 사람은 호흡이 얕고, 빠르고, 거칩니다. 이런 사람은 시커먼 매연을 내뿜으면서 달리는 난폭 트럭처럼 에너지를 급하게 소진시키고 에너지 효율도 낮습니다.

이에 반해 여유 있고 낙천적인 사람은 호흡이 길고, 깊고, 부드럽고, 느립니다. 에너지 효율이 높은 최고급 승용차가 친환경적인 깨끗한 에너지로 안전운전 하는 것입니다.

동물도 성질이 거칠면 호흡도 거칠고 문제가 발생합니다.

성질이 사나운 개와 말은 수명이 절반밖에 안 되며, 심술궂은 젖소는 우유가 잘 안 나옵니다. 괴팍한 양은 살이 찌지 않습니다.

화를 잘 내는 사람은 자기 몸이 성능이 나쁜 고물차라고 생각하면 됩니다.

2. 화는 마음이 토하는 것

화는 호흡의 독이며, 모든 부정적 에너지의 뿌리입니다. 화에서 분노, 증오, 질투, 시기, 과도한 슬픔 등 대부분의 부정적 에너지가 나옵니다. 화는 과음으로 인한 알코올의 피해보다, 줄담배로 인한 니코틴의 피해보다 신체와 마음에 훨씬 강한 독을 퍼뜨립니다.

화를 잘 내는 사람은 심혈관 발작위험이 높으며, 폭발적 분노는 내출혈의 위험을 높입니다. 또한 과도하게 억제된 분노, 원한, 만성적 적개심은 관상동맥의 위험을 초래합니다.

화에는 자신에 대한 화인 죄책감, 타인에 대한 화인 분노 그리고 주어진 상황에 대한 화 등이 있습니다.

윌리엄 하브리첼은 『생의 모든 순간을 사랑하라』에서 다음과 같이 말합니다.

"인생의 가장 큰 적은 분노와 죄책감이다. 나는 이를 수많은 사람들을 치료하면서 절실하게 느꼈다. 분노와 죄책감은 삶을 어둡게 만드는 먹구름이다. 이는 암세포보다 더 치명적인 영향을 끼친다."

분노와 죄책감은 부정적인 에너지 덩어리입니다. 우리가 미워하는 사람이 많을수록, 자책감이 심할수록 무거운 돌무더기를 진 노새처럼 삶을 힘들게 살아가야 합니다. 타인에 대한 분노, 자신에 대한 죄책감이라는 돌을 내려놓아야 우리의 삶이 보다 가볍고 자유롭습니다.

다음과 같은 이야기가 있습니다. 전쟁 때 적군에게 포로로 잡혀 감옥 속에서 큰 고통을 당했던 사람에게 성직자가 물었습니다.

"당신은 당신을 포로로 잡아 가두고 고문했던 그 사람을 용서했습니까?"

"용서라니? 어떻게 그 인간을 용서할 수 있겠습니까? 아직도 그 인간을 생각하면 피가 거꾸로 솟아요! 죽기 전에는 결코 그 인간을 용서할 수 없습니다!"

성직자가 말했습니다.

"그렇다면 당신은 지금 이 순간까지 비록 몸은 자유이지만, 마음은 아직도 그의 포로 상태에서 벗어나지 못했어요. 당신 마음은 아직도 감옥 속에 갇혀 있군요."

그는 지난 수십 년 동안 분노라는 약을 장기 복용해 온 셈입니다. 분노는 순간순간 우리의 삶을 지옥으로 만듭니다. 분노의 순간 알아차리고 용서하고 나아가 자애를 보낸다면 우리는 매 순간의 삶을 부정적인 것에서 긍정적으로 전환시킬 수 있습니다.

간디는 저격당한 바로 그 순간에도 알아차리고 자신을 저격한 이교도에게 자애를 보내며 눈을 감았습니다.

자신에 대한 분노는 죄책감으로 나타납니다. '나는 뭔가 제대로 하는 것이 없어', '나는 쓸모없는 인간이야', '더 이상 살아갈 의미가 없어' 등의 자기연민, 자책감, 신세한탄 등은 삶의 의욕을 소진시키는 부정적 에너지입니다.

죄책감은 스스로 자신을 감옥에 가두는 것입니다. 스스로 친원 속에 갇혀 바깥으로 나가지 못하고 자신을 질식시키는 것입니다.

인간은 누구나 행복을 추구하지만 항상 행복하지 못한 것은 물질이나 환경이라기보다는 마음의 부정적 에너지, 특히 분노 때문입니다.

이와 같이 화는 부정적 감정과 에너지의 원천으로, 자신과 타인의 평화와 행복을 파괴하는 마음과 호흡의 독입니다. 그래서 화를 다스리는 것은 삶 자체를 다스리는 최고의 기술 중 하나입니다.

화(dosa)는 '더럽다', '흐려지다', '어둡다'라는 뜻을 가지고 있습니다. 화를 낸다는 것은 알아차리지 못하고 마음 관리에 실패한 것입니다.

"화가 났다"는 것은 "나는 바보다"라고 인정하는 것이라고 할 수 있습니다.

화는 먹은 것을 토하는 행위와 같습니다. 주어진 상황을 제대로 소화하지 못하고 마음이 흔들리고 호흡이 거칠어지며 마음이 토를 하는 것입니다. 게다가 화가 나서 욕까지 한다면 그것은 악취가 심한 토입니다.

상대방의 욕을 듣고 우리가 따라서 화를 내고 욕을 한다면, 상대방이 토한 것을 받아먹고 우리 역시 마음의 토를 하는 것입니다. 성경에서도 말했듯이 개가 자신이 토한 것을 또다시 먹는 것과 같은 어리석은 행위인 것입니다.

상대방이 토한 것(화)을 절대 받아먹지 마십시오!

화로부터 우리의 마음속 평화를 유지하고 건강하게 살기 위해서는 수시로 호흡 집중과 심호흡을 해야 합니다.

두 번째 화살을 맞지 말라

화는 마음의 독이며 마음 관리, 에너지 관리의 최대 장애물로서 반드시 다스려야 합니다. 하루 중 자기 자신과 가족, 타인 그리고 수많은 상황들 때문에 화의 싹들이 무수히 돋아납니다. 늦게 일어났을 때, 입에 맞는 반찬이 없을 때, 보기 싫은 정치인이 텔레비전에 나올 때, 곧 입고 나가야 할 옷에 구김이 있을 때, 도착하기 직전에 버스가 떠날 때, 접촉사고 났을 때, 똑같은 옷을 입고 온 사람을 만났을 때, 커피를 엎질러 옷을 버렸을 때, 상사에게 꾸지람을 들었을 때, 고객에게 모욕당했을 때 등등 시시각각 화의 씨앗들이 뿌려집니다. 이것이 첫 번째 화살입니다. 우리가 살아가는 한 이 화살을 피할 수는 없습니다.

그런데 이러한 상황에서 대부분의 사람은 화의 씨앗을 키워 분노의 열매로 만듭니다.

누군가가 여러분에게 욕을 했다고 합시다. 그 순간 가슴에는 가벼운 화의 싹이 올라옵니다. 이것이 첫 번째 화살입니다. 이 순간 그것을 그냥 지켜보면 몇 초 지나지 않아 그 싹은 사그라져 없어집니다. 첫 번째 화살은 우리 몸 깊이 박힌 것이 아니라 표면에 달려 있을 뿐 잠시 있으면 저절로 떨어집니다.

그러나 그 순간 '내가 누군데!'에 집착하는 우리의 에고는 '저 인간이 나에게 감히 그런 소리를 하다니!'라는 생각을 하면서 화의 싹에 거름을 줍니다. 이것이 두 번째 화살입니다.

또한 '저 인간, 저번에도 나에게 모욕을 주었지. 이번에는 가만두지 않겠어!'라고 생각하면서 비료를 뿌립니다. 이것은 세번째 화살입니다. 이것이 화로의 증폭과정입니다. 이제 화살은 우리 몸 깊숙이 박혀 쉽게 빼지도 못하고 큰 고통을 줍니다. 이것이 몇 초 안에 사라질 화의 싹을 키워 몇 시간 내지는 하루 종일 마음을 혼란시키는 분노덩어리로 발전시키는 과정입니다.

두 번째, 세 번째 화살은 실은 우리가 스스로에게 쏜 화살입니다. 즉, 화와 분노는 주어진 상황에서 우리 자신이 스스로 만든 것입니다. 어떠한 상황에도 흔들리지 않고 마음의 평정을 유지하기 위해서는 화의 시초 상황에서 이것을 알아차리고 지켜보아야 합니다.

지켜보면 저절로 사라지게 되어 있습니다!

그러나 대부분의 사람은 화의 시초에 그것을 알아차리지 못하고 파블로프의 조건반사의 개처럼 기계적·타성적으로 반응합니다. 차가 끼어들면 바로 손가락질을 하거나 욕설을 해댑니다. 화로 인한 고통, 분노, 증오 등에 의해 우리는 급속히 에너지가 소진되어 피곤해집니다. 또한 우울증이나 심리적인 질병에 걸리기도 합니다.

화가 날 상황이 일어나지 않는다면 얼마나 좋겠습니까. 그러나 매일매일 우리는 화의 싹들을 피해갈 수 없습니다. 그것은 하루 동안 우리가 원하는 것이 일어나지 않거나, 원하지 않는 것이 일어날 상황이 무수히 많기 때문입니다.

최초의 화의 싹이 돋아난 상황을 그냥 주시하십시오. 그냥 바라보십시오. 그러면 곧 사라질 것입니다. 지속적으로 하다 보면 화란 나의 습관적 반응에 불과하다는 것을 깨달을 것입니다.

오늘부터 화의 싹이 솟아나는 순간 지켜보는 연습을 해보십시오. 두 번째 화살을 맞지 않도록 알아차리십시오.

심호흡은 스트레스 해독제입니다. 화나는 순간 알아차리고 심호흡을 선택하고 집중하십시오. 화를 다스리면 하루가 달라질 것입니다!

3. 호흡 명상은 '알, 빛, 집'의 토대

호흡 명상은 크게 두 가지 기능을 가집니다. 하나는 '알아차림 기능'이며 또 하나는 '에너지 충전 기능'입니다.

짐 로허, 토니 슈워츠는 『몸과 영혼의 에너지 발전소』에서 이렇게 말합니다.

"깊고 부드러우며 리듬감 있는 호흡은 에너지와 각성, 집중력의 원천이 되는데, 이완, 평정, 고요함과 같은 궁극적으로 건강한 파장을 일으키기 때문이다."

호흡 명상은 마음을 고요하게 하고 집중시켜 관찰하도록 하는 마음의 훈련입니다. 우리는 항상 욕망, 편견, 타성과 본능에 이끌려 다닙니다. 호흡 명상은 정신을 맑게 하고 알아차리게 하여 끊임없이 계속되는 사건들과 상황에 대한 기계적이고 타성적인 반응에서 벗어나게 합니다.

호흡 명상을 통해 미친 듯이 지나가는 사고, 인식, 반응, 감정의 일상적 흐름이 느려지고 관찰되어 어둠이 아닌 빛의 선택을 할 수 있게 됩니다. 지속적인 호흡 수련을 통해 우리는 탐, 진, 치 3독을 제거하고 집중력, 주의력, 평정심, 평등심, 자애심을 계발할 수 있습니다.

또한 호흡 명상은 몸과 마음의 에너지 충전입니다. 우리의 몸과 마음은 휴대폰처럼 충전이 필요합니다. 하룻밤의 단잠은 몸과 마음의 완벽한 충전입니다. 그런데 일과 중에도 수시로 충전하여 몸과 마음을 항상 최상의 상태로 유지할 필요가 있으며, 호흡 주시와 심호흡은 그 순간 일시 충전 상태가 되어 피로의 예방과 회복에 탁월한 효과가 있습니다.

호흡 명상은 정신집중에 도움이 됩니다. 호흡 주시와 심호흡을 통해 뇌파가 미드 알파파 상태로 변하게 됩니다. 이 상태에서는 집중력과 기억력, 창의력이 증가됩니다.

호흡 명상은 건강증진에 효과가 있습니다. 호흡 주시와 심호흡으로 복식호흡이 되어 횡격막이 상하이동할 때 오장육부가 따라서 움직입니다. 이러한 운동은 노화억제, 젊음 유지에 효과가 있습니다. 또한 긴장이 이완되어 피부건강에도 도움이 됩니다.

이와 같이 호흡 명상은 마음을 다스리고 에너지를 충전하며 집중시키는 최고 비결입니다. 당신의 호흡을 변화시키십시오. 그러면 당신의 생각과 느낌이 달라질 것입니다. 당신이 자연스럽게 호흡할 때 우울한 감정은 어느새 사라질 것입니다. 그리하여 마음이 안정되어 주어진 일을 편안하면서도 집중할 수 있습니다.

호흡이 점차 깊어질 때 내면의 천국, 내 마음의 성소에 도달하게 됩니다. 그곳은 마음의 평화와 안식의 자리입니다.

호흡 명상 실습

하루 중 수시로 알아차리고 호흡 명상을 실천합니다.

심호흡

심호흡은 화의 싹이 돋을 때, 급박한 상황의 순간 마음을 편안하게 하면서 에너지를 급속 충전하는 효과가 있습니다.

심호흡은 그 순간 잡념, 생각중독을 제거하여 대상에 몰입하게 해줄 뿐 아니라 탁한 에너지를 배출시키고 신선한 에너지를 충전합니다. 운동 시 힘들 때 잠시 멈추고 심호흡 몇 번을 하면 즉시 기력이 회복되는 것을 느낀 적이 있을 것입니다.

심호흡은 특히 긴장될 때, 운동하기 전, 연주나 발표하기 전에 하면 효과가 더 큽니다.

심호흡은 순간적으로 뇌파를 미드 알파파 상태로 변화시킵니다. 그러므로 모든 행위 전에 심호흡 세 번을 하면 마음이 안정되고 호흡 에너지가 강화되며, 무엇을 하든 집중이 잘될 것입니다.

호흡 주시

호흡 주시란 인위적으로 호흡을 조절하지 않고 코끝에 들어오고 나가는 숨을 지켜보는 것입니다. 코끝에 들어오고 나가는 숨이 거친지 부드러운지, 긴지 짧은지, 지켜보고 느껴보십시오. 호흡에 주시하는 순간 우리의 생각들은 정지되며 호흡의 느낌만이 남게 됩니다.

심호흡이 배터리의 급속충전이라면 호흡 주시는 저속충전에 해당됩니다. 하루에 시간이 나는 대로 5분 내외 호흡 주시 명상을 해보십시오. 5분의 호흡 주시로도 30분 낮잠을 자는 효과를 얻을 수 있습니다.

특히 자투리 시간에 호흡 주시 명상에 집중하십시오. 신호등에서 대기 중일 때, 식당에서 줄을 서서 기다리거나 음식 나오기 전에, 마트에서 순서를 기다릴 때, 버스나 지하철 안 등 어디에서든 하십시오.

또한 호흡 주시는 짧은 시간이나마 내 마음의 성소로의 천국여행이기도 합니다. 호흡자리는 감정이 혼란할 때 평화를 주는 마음의 안식처입니다. 그곳에서 가장 깊은 휴식과 마음의 평화 그리고 존재의 기쁨을 느낄 수 있습니다.

빛 호흡

앞에서 소개(pp. 57-59)한 빛 호흡은 '알, 빛, 집'을 내면화시키는 가장 중요한 명상입니다. 아침 기상 직후, 잠자기 전 그리고 매 행위 전후 항상 하는 의식으로 만드십시오.

식사, 독서, 운전, 작업, 회의, 운동 등 어떤 새로운 행위 전에도 빛 호흡으로 시작하십시오.

빛 호흡 명상으로 하루를 시작하고 마감하여, 하루 삶 자체가 빛 호흡으로 충만하게 하십시오.

제2장

음식 에너지 명상

"먹는 것이 바로 그 사람이다."라는 말이 있습니다. 음식은 신체와 마음 모두에 영향을 끼칩니다. 1975년 대종상 신인여우상을 수상했고 지금은 수도자로 하와이 마우이 섬에서 자연건강식, 요가 등을 강의하고 있는 문숙은 『문숙의 자연치유』에서 이렇게 말합니다.

"음식 중에는 욕심을 부추기는 음식이 있고, 마음을 맑게 하는 음식이 있다. 화를 돋우는 음식, 어리석음을 지향하는 음식, 중심을 잃게 하는 음식, 마음을 평온하게 하는 음식, 마음을 울적하게 하는 음식, 몸을 덥게 하는 음식, 몸을 차게 하는 음식. 이렇게 입을 통해 몸 안으로 들어오는 먹고 마시는 음식들이 우리의 몸과 마음 그리고 정신을 다스린다. 무엇을 먹느냐에 따라 그 사람의 생긴 모습이 변하며 성격과 마음까지도 달라진다."

『도덕경』에 다음과 같은 말이 있습니다.
"화려한 색은 눈을 멀게 하고
 화려한 소리는 귀를 멀게 하고
 화려한 맛은 입맛을 상하게 한다."

자극적인 것들을 추구하면 본래의 자신을 잃어버리기 쉽습니다. 맛있는 음식을 탐닉하면 기본적 미각이 무디어지고 자극적인 감각의 노예가 될 수 있습니다. 또한 맛있는 음식은 과식하기 쉬워 건강과 에너지 관리에 해가 되므로 알아차리고 절제해야 합니다.

1. 소식은 장수와 노화방지의 비결

몇 해 전『절제의 성공학』으로 우리에게 알려진 미즈노 남보쿠는 음식이 운명을 좌우한다고 말하며 음식의 절제를 강조합니다.

그는 일본 조정에서 대일본(大日本), 일본 중조(日本中祖)라는 파격적인 칭호까지 받은 대 사상가이자 운명학자입니다. 일찍 부모를 여의고 대장장이인 작은아버지 밑에서 자라면서 열 살 때부터 술과 도박, 폭행을 일삼다가 18세 때 감옥에 가게 됩니다. 반년 동안 감옥살이에서 죄인들의 모습이 보통사람과는 다르다고 생각한 그는 출옥하자마자 관상가에게 자신의 운명을 물었습니다. 그러자 관상가는 이렇게 대답했습니다.

"1년 안에 칼에 맞아 죽을 관상이니, 이 길로 속히 절에 가서 출가하기를 청하시오."

그래서 절에 가서 출가를 청했으나 주지스님은 중이 되는 조건으로 앞으로 1년 동안 보리와 흰콩으로만 식사를 하고 돌아오라고 말했습니다. 남보쿠는 바닷가에서 짐꾼으로 살면서 1년 동안 보리와 흰콩을 먹으면서 술도 끊고 자제했습니다. 드디어 1년을 무사히 넘기고 절로 향하던 중, 우선 자신의 죽음을 예언한 관상가를 찾아갔는데 그 관상가는 남보쿠를 보고 깜짝 놀라 물었습니다.

"완전히 관상이 바뀌었군요. 어디서 큰 덕을 쌓았소? 아니면 사람의 목숨을 구했소?"

남보쿠가 보리와 흰콩으로 1년을 살았다고 말하자 관상가는 말했습니다.

"식사를 절제한 것이 큰 음덕을 쌓았구려. 그것이 당신을 구했소!"

이 말을 듣고 남보쿠는 출가하는 대신 관상가가 되기로 결심하고 전국을 돌아다녔습니다. 처음 3년은 이발소에서 사람의 얼굴 모양을 연구했고, 그다음 3년은 목욕탕에서 사람의 벗은 모습을 관찰했고, 마지막 3년은 화장터 인부로 일하면서 죽은 사람의 골격을 연구했습니다. 이러한 9년의 수업 이후 그는 백발백중 틀리지 않는 감정으로 세상에 널리 알려졌습니다. 그는 사람이 오면 일부러 거친 음식을 대접하여 어떤 식으로 대응하는지 관찰하여 운명을 판단하기도 했습니다.

남보쿠의 기본 사상은 운명과 관상은 우리가 어떻게 마음먹고 행동하느냐에 따라 변하며, 최고의 선은 절제이며, 절제의 근본은 음식 절제입니다.

그에 의하면 잘살고 못사는 것, 오래 살거나 일찍 죽는 것은 물론 성공이나 출세 등도 모두 음식 절제에 달려 있습니다.

남보쿠에 의하면 누구나 태어나면서부터 일생 동안 먹을 양식을 갖고 태어납니다. 그래서 하늘로부터 받은 양식이 떨어지면 죽습니다. 그래서 소식하는 사람은 살아 있는 동안 무병장수하고 큰 공덕을 쌓으며, 죽어서는 그 공덕을 자식에게 남겨준다고 합니다.

그는 말합니다.

"명은 하늘로부터 받지만, 그것을 기르고 가꾸는 것은 음식입니다. 음식을 절제하지 않으면 하늘로부터 받은 수명과 복을 다하지 못합니다. 음식을 함부로 먹는 사람이 수명에 이상이 없으면 재산에 손실이 있거나 자손에 결함이 생깁니다."

그리하여 그는 일반인은 복팔부(腹八部), 즉 배에 8할만 채우라고 말합니다. 한 입 더 먹는 것은 명을 줄이는 것이며, 많은 음식을 앞에 두고도 먹지 않으면 이것이 그날의 음덕이 되어 큰 자비와 사랑으로 바뀐다고 합니다.

세계 최초의 인스턴트라면 개발자이며 현재도 매일 라면을 즐기는 96세의 안도 모모후쿠 회장의 건강비결 역시 복팔부 식사에 있다고 합니다.

"약간 모자란 듯 먹으면 의사가 필요 없고, 배부르게 먹으면 당해낼 의사가 없다."라는 말이 있습니다. 음식을 절제해야 하고 소식이 바람직합니다.

공복을 즐겨라

우리는 조금만 허기져도 무엇이든 닥치는 대로 먹곤 합니다. 공복감이 드는 순간 알아차리십시오. 공복은 소화기관을 쉬게 하여 속을 편하게 하며, 면역력을 증가시켜 병의 예방과 치료에 효과가 있으며, 노화를 방지하고 젊음을 유지하는 탁월한 기능이 있습니다. 동물들은 병이 났을 때 본능적으로 음식 섭취를 중단하고 공복 상태를 유지하여 병을 치유합니다.

공복감이 들면 공복이 정신을 맑게 하고 피를 깨끗하게 만든다는 사실을 상기하십시오. 공복 상태가 지속될수록 몸이 점점 더 건강하게 된다고 생각하십시오. 공복을 즐기는 것은 절제와

끈기를 기르는 최고의 도우미입니다.

공복 상태가 심해 몹시 허기질 경우는 따뜻한 차나 견과류 위주의 간식을 조금 먹는 것이 좋습니다.

2. 소박한 식사를 하라

남보쿠는 화려하고 기름진 음식보다 소박한 음식을 강조합니다. 그는 음식은 몸 안을 꾸미는 재료로 그 성질이 음이며, 음은 조용하고 화려하지 않은 성질을 갖는다는 것입니다.

술과 고기를 먹으면 마음이 쉽게 흥분되고 흐트러져서 생각지도 않은 나쁜 짓을 하기 쉽습니다. 과식하면 몸 안의 기가 무겁게 되어 마음이 제갈 길을 정하지 못하고 헤맵니다.

남보쿠에 의하면 소식은 무병장수, 자손번영을 가져오고 폭식은 패가망신의 지름길입니다. 그렇다면 기름진 음식을 과식하면 어떻게 될까요? 그는 말합니다.

"기름진 음식에 과식까지 한다면 출세가도에 있다가도 비명횡사하거나 출세 길이 갑자기 끊어져 집도 절도 없는 신세로 전락합니다."

성장을 촉진하는 육류 위주의 식사는 성장 이후에는 노화를 촉진하는 식사가 되므로 채식 위주의 식사가 바람직하며, 언제 어디서나 조금 모자라는 상태에서 식사를 중지하는 것이 좋습니다.

식욕은 생명유지를 위한 인간의 근본 욕구이므로 식욕을 조절함으로써 다른 욕심도 쉽게 조절할 수 있습니다. 과도한 물질적 풍요, 권력, 명예 등이 필요한 삶은 연료를 많이 소비하는 비효율적인 차처럼 과소비형 삶입니다. 이에 반해 소박한 식사는 소박한 삶의 근본입니다. 최소한의 에너지로 삶을 유지하면서도 삶을 즐기는 하이브리드형 삶의 습관을 가지십시오.

3. 감사하는 마음으로 먹고 베풀어라

미국 출신의 의사 존 자웽은 감사기도를 하고 식사하는 경우 다음과 같은 효과가 있다고 발표했습니다.

1. 면역기능을 향상시키는 백신이 나와 질병을 예방하는 기능을 한다.

2. 질병의 진행을 억제하고 병균 침입을 막는 항독소가 생긴다.

3. 위장 내 음식물이 부패하거나 발효하는 것을 억제시키는 일종의 방부제 성분인 안티셉틴이 생성된다.

무엇을 먹느냐보다 어떻게, 어떤 마음으로 먹느냐가 더 중요합니다. 소박한 음식이라도 감사와 자애의 마음으로 풍요로운 식사를 할 수 있습니다.

음식을 베푸는 것은 큰 자애입니다. 그러나 여유 있고 풍족한 사람이 배불리 먹고 남은 음식을 베푸는 것보다는 어려운 사람이 자신이 먹어야 할 양식을 아껴서 베푸는 것이 진정한 자애입니다.

사형수 상담을 30년 이상 해온 양순자 여사가 영암군청 사회복지과에서 근무할 때의 일입니다. 정신지체자인 엄마가 혼자서 딸 둘을 키우는 몹시 어려운 가정이 있었습니다. 추석이 며칠 남지 않았을 때, 본인도 그리 넉넉하지 못한 월급을 쪼개어 정말 어려운 형편 때문에 과자 하나 제대로 사 먹어본 적 없는 아이들과 애 엄마를 데리고 슈퍼에 가 "뭐든지 원하는 것은 전부 골라봐"라고 하며 베푼 이유에 대해 그녀는 말합니다.

"태어날 때부터 불행 속에서만 살고 있었다 해도 단 한 번, 단 한순간이라도 행복할 때도 있었다는 느낌을 주고 싶었어요."

국회의원이나 고위 기관장들이 고아원과 양로원을 방문해 기증한 라면박스를 쌓아놓고 기념촬영을 하는 모습에서는 정말 소중한 것이 빠져 있습니다.

베풂에는 사랑의 에너지가 듬뿍 들어가야 진정한 베풂이 됩니다.

진정한 요리사는 사랑과 정성이라는 필수 영양소를 빠트리지 않습니다.

진실로 진정으로 아낌없이 베푸십시오!

4. '알, 빛, 집'하며 먹어라

음식 명상은 자동화된 먹기를 중단하고 알아차리면서 먹는 것입니다. 우리는 대개의 경우 음식만 먹는 것이 아니라 온갖 생각 중독을 함께 비벼서 무의식적으로 기계적으로 먹습니다. 식탁에서 근심 걱정, 불안, 초조하면 음식을 먹는 것이 아니라 독을 먹는 셈입니다. 또한 먹는 욕구에 집착하여 게걸스럽게 막 쓸어 담듯이 먹습니다. 순수하게 음식에 집중하여 몰입하고 즐기지 못합니다.

그러므로 '알, 빛, 집'하며 먹어야 합니다.

음식 명상 과제에서 한 학생은 일주일 동안 하루는 음식의 형태에, 하루는 빛깔에, 하루는 냄새에, 하루는 맛 등으로 음식을 다양한 측면으로 나누어 몰입하고 즐기는 시도를 했습니다. 한 학생은 자신이 싫어하는 음식을 왜 싫어할까 알아차리고 시도하여 즐기게 되었습니다.

먹는 음식에 대해 신체가 섬세하게 반응하면 진정으로 자신에게 좋은 음식을 찾을 수 있습니다. 그래서 음식 명상을 하다가 더 이상 인스턴트 음식을 먹을 수 없게 된 학생도 있습니다.

라즈니쉬는 말합니다.

"음식을 먹을 때 음식의 맛 자체가 되어라. 물을 마실 때 물의 맛 자체가 되라. 그리하여 그대가 그 맛으로 가득 차게 하라!"

깨어 있는 상태가 아니면 음식을 먹을 자격이 없다고 생각하고 먹을 때 늘 알아차리십시오.

음식을 먹을 때마다 신선한 기분으로 음식을 맞이하십시오.

'알, 빛, 집'을 통해 소식하면서, 채식 위주로 골고루 먹고, 싱겁게 먹고, 꼭꼭 씹어 먹고, 천천히 맛에 몰입하고 즐기면서 먹습니다.

음식 명상 실습

　잠시 두 눈을 감고 몸과 마음의 긴장을 풀고 난 뒤 빛 호흡 명상을 합니다. 눈을 뜨고 음식을 바라보면서 모양과 향기를 섬세하게 느껴봅니다. 맛과 향을 최대한 음미하면서 천천히 꼭꼭 씹으면서 식사합니다.

　식사 중 지금 먹는 음식이 신선한 생명 에너지로 변하고 있다고 생각합니다. 먹은 음식이 자신을 더욱 건강하게 하고 아름답게 만든다고 생각합니다. 식사가 끝나면 다시 빛 호흡 명상을 실시합니다.

제3장

인간 에너지 명상

행복의 비결, 지금 이 순간을 내 생애 최고의 순간으로 만드는 비결은 절대 긍정의 마음으로 자신에 감사하고 남에게 자애를 베푸는 것입니다.

절대 긍정은 행복의 기본 키워드입니다.

절대 감사는 나를 행복하게 만드는 키워드입니다.

절대 자애는 남을 행복하게 만드는 키워드입니다.

절대 감사를 통해 스스로를 충전하고 절대 자애를 통해 사람들에게 빛 에너지를 전달, 충전시키는 것입니다.

감사함으로 행복해집니다. 내가 진정으로 행복할 때 의무적으로나 계산적이 아닌 마음으로부터 기꺼이 남에게 자애를 베풀어 행복하게 해줄 수 있습니다. 나로 인해 행복해진 사람은 진심으로 나의 성공을 도울 수 있습니다. 감사는 행복과 성공의 근원 에너지입니다.

1. 절대 감사

무슨 일이 생기든, 사소한 것에도 항상 감사하라

살전 5:18의 말씀,
"범사에 감사하라 이는 그리스도 예수 안에서 너희를 향하신 하나님의 뜻이니라."

일본 제일의 투자가 다케다는 말합니다.
"하루에 3천 번씩 '감사합니다!'라고 말해보세요. 인생이 바뀔 것입니다."

『시크릿』에서 제임스 레이는 말합니다.
"감사하기는 정말로 대단한 결과를 내게 가져다준 훈련이다. 나는 매일 아침에 침대에서 일어나 발이 땅에 닿기도 전에 '고맙습니다!'라고 말한다. 고마운 일들을 하나하나 진심으로 마음으로 느낀다."

아침에 감사함으로 눈을 뜨십시오.

태양은 매일 새롭게 떠오릅니다.

온갖 새들은 새롭고 신선한 마음으로 떠오르는 태양을 반기며 새로운 날을 시작합니다.

나도 오늘 새롭게 탄생했다고 생각하십시오.

탄생과 더불어 다이아몬드보다 더 소중한 24시간을 선물 받았음에 감사하십시오.

24시간으로 오늘 해야 할 멋진 하루의 여행에 감사하십시오.

내가 오늘 맞이할 즐거운 경험에 대해 감사하십시오.

내가 오늘 맞이할 괴로운 경험에 대해서도 감사하십시오.

『좋은 것에 집중하라』에서 마이크 로빈스는 이렇게 말합니다.

"만족감과 행복은 무엇을 얼마나 이루었느냐가 아니라 우리 안에 '감사의 감각'이 얼마나 발달했느냐에 따라 달라진다."

물 위를 걷는 것만이 기적이 아니라 땅 위를 걷는 것도 기적입니다. 사소한 일상사에도 감사하는 습관을 가지십시오. 감사는 가장 강력한 자기 충전입니다!

어려울 때, 고통 받을 때에도 감사하십시오. 티베트 승려들은 자신에게 주어진 고통에 대해서조차 다음과 같은 감사의 기도를 드립니다.

"내 안에 심오한 자비와 지혜를 일깨워준 고통에 감사합니다."

류태영 박사는 말합니다.

"어려우면 어려울수록, 역경에 빠지면 빠질수록 더 큰 감사를 해야 한다. 진정한 축복은 물질적인 축복, 정신적인 축복, 사회적인 축복보다 백 배 더 좋은 축복인데 그것은 어려울 때, 굶을 때, 병약할 때, 견디기 힘든 시련에 빠졌을 때 감사한 마음이 가슴 깊이에서 우러나오는 것이다."

고통도 살아 있기 때문에 느끼는 것입니다. 어떤 고통스런 상황에서도 감사하는 태도를 잃지 마십시오. 진정한 감사는 무조건적인 감사입니다.

감사 IN, 자애 OUT

들숨이 깊을 때 날숨도 깊고, 고요하고, 길 수 있습니다. 자신이 진정으로 행복하고 평화로울 때 아낌없이 다른 사람을 행복하고 평화롭게 할 수 있습니다.

속이 빈곤하고 허탈하면 남에게 베풀기 어렵습니다. 마지못해 억지로 의무감에서 나온 베풂에는 사랑의 체온을 느낄 수 없습니다. 그러나 내부에 감사가 넘치면 저절로 외부로 따뜻한 자비심이 흘러나옵니다. 입학이나 취직시험 합격소식을 들었을 때, 생명이 위태로운 난치병에서 완쾌되었을 때, 우리는 기쁨과 감사함으로 충만해집니다. 이때 사람과 사물을 바라보는 시선은 보통 때보다 더 자애롭고 관대합니다. 내면의 감사가 외부의 자애로 나타나는 것입니다. 특별히 좋은 소식이 없더라도 평소에 늘 감사의 마음으로 충만하게 되는 것이 감사 명상의 목표입니다.

평소에도 늘 자기존중의 삶의 자세를 가져야 합니다. 자기를 무시하는 사람은 감사할 수 없고 더욱이 남에게 베풀기는 불가능합니다. 내게 감사하지 않으면 남에게도 감사하지 않습니다. 내가 가진 좋은 것과 나의 장점에 집중함으로써 감사의 에너지를 충전시키십시오. 외적 가치보다 우리 내면의 황금 광맥에 집중하십시오. 행복과 평안, 만족의 원천은 내면에 있습니다. 내면에 집중할 때 감사의 샘이 솟아 넘칩니다.

감사할 수 있는 사람만이 자애를 베풀 수 있습니다. 가난해도 감사하면 베풀 수 있지만, 부유해도 감사할 줄 모르면 베풀 수 없습니다.

내 안이 진정으로 만족해야 남에게 진실로 더 많이 베풀 수 있습니다. 불우이웃돕기 성금모금에 부유층의 참여비율이 상대적으로 낮습니다. 그것은 이미 가진 많은 것에 만족하고 감사하기보다는 아직 갖지 못한 것에 대해 불만을 가지고 집착하기 때문입니다. 최빈국 방글라데시 국민의 행복지수가 높은 이유는 가난해도 감사할 줄 알기 때문입니다.

만족과 감사는 꼭 무엇을 성취하거나 얻을 때만 생기는 것이 아니라 삶에 대한 기본적 태도에서 옵니다. 대부분의 사람들이 알아차리지 못하고 타성적으로 생각하고 행동하기 때문에 감사할 줄 모릅니다. 매사에 알아차릴수록, 마음이 맑을수록 우리는 사소한 것에도 더욱 깊은 감사를 느낄 수 있습니다.

감사는 최고의 빛의 선택

탈무드에서 말합니다.
"세상에서 가장 행복한 사람은 감사하며 사는 사람이다."

『평생 감사』에서 전광은 이렇게 말합니다.
"모든 일에 감사한 마음을 갖는다면 지금의 내 자리가 곧 천국이다. 행복은 소유의 크기가 아니라 감사의 크기에 비례한다. 행복해서 감사한 것이 아니라 감사하기 때문에 행복하다. 감사는 무에서 시작해야 한다. 무에서 출발하면 모든 것이 감사이다. 지금 내가 가지고 있는 모든 것은 정말 내 것이 아니다. 살아 있는 동안 잠시 빌려 쓰고 있을 뿐이다. 그래서 늘 감사하는 마음으로 살아야 한다."

감사는 가장 강력한 내적 에너지입니다.
감사는 최고의 긍정적 암시입니다.
감사는 최고의 빛의 선택입니다.
감사는 영혼을 비추는 빛입니다.
감사는 뇌를 유쾌한 상태로 만들어 행운을 불러들입니다.

감사하는 마음은 감사할 일을 불러들입니다.
더 많이 감사할수록 세상이 더욱 밝아집니다.

세상은 감사할 일, 고마워해야 할 것으로 가득 찬 선물보따리
입니다.
그중 최고의 선물인 자신의 삶에 감사하십시오.
지금 이 순간 살아 숨 쉬고 있음에 감사하십시오.
내가 가진 모든 것에 감사하십시오.
볼 수 있는 눈이 있음에 감사하십시오.
들을 수 있는 귀가 있음에 감사하십시오.
말할 수 있는 입이 있음에 감사하십시오.
걸을 수 있는 다리가 있음에 감사하십시오.
사랑하는 가족이 곁에 있음에 감사하십시오.
친절한 이웃이 있음에 감사하십시오.
일할 수 있는 직장에 감사하십시오.
공부할 수 있다는 사실에 감사하십시오.

감사는 우리에게 마음의 빛을 밝힙니다.
감사할수록 더 많은 빛의 선택을 하게 됩니다.
빛의 선택이 많아지고 빛의 에너지가 넘칠 때, 세상은 밝아지
고 희망이 생깁니다.

감사는 삶의 필수 비타민

감사의 효력은 다음과 같습니다.

수용성

감사는 모든 것을 있는 그대로 수용하게 합니다.

감사는 저항 대신에 수용함으로써 스트레스와 분노로부터 우리를 보호합니다.

치유력

감사의 긍정적 진동과 에너지는 혈관에 엔도르핀을 분비하여 혈관을 늘어나도록 자극하여 심장을 안정시키고 면역체계를 강화시켜 병에 대한 저항력과 자연 치유력을 상승시킵니다. 그러나 걱정, 화와 같은 부정적 에너지는 아드레날린을 분비하여 심장혈관을 수축시켜, 뇌졸중이나 심장질환을 일으킵니다.

평정심

감사는 마음을 안정시켜 시야를 넓고 깊게 만들어 창의적 아이디어를 샘솟게 합니다.

감사는 고통의 순간에도 침착하고 평안한 마음으로 대처할 수 있게 합니다.

감사는 인생과 사람들을 긍정적으로 대하고 객관적으로 인식하게 합니다.

풍요로움

감사는 마음을 부드럽고, 세심하고, 풍요롭게 만듭니다.

감사는 삶을 충만하게 합니다. 과거의 불행을 생각하지 않고 현재의 축복을 즐기게 합니다.

감사는 삶을 경이롭게 합니다. 사소하고 일상적인 것들도 항상 신선하게 처음처럼 보고, 듣고 느낄 수 있게 합니다.

감사는 삶을 만족하게 합니다. 주어진 상황으로부터 최대한의 만족과 즐거움을 이끌어냅니다.

감사는 매 순간, 지금 하는 일, 지금 만나는 사람을 소중하게 만듭니다.

감사의 습관을 통해 우리의 세상과 사물을 보는 방식이 기적적으로 변하며, 우리의 존재 자체가 변하게 됩니다.

감사 명상 실습

감사할수록 행복해집니다.

날마다 감사 연습을 하십시오. '감사 333운동'이 있습니다. 하루에 감사 생각 300개, 감사 표현 30개, 감사 행동 3개를 실천하는 매우 의미 있는 운동입니다.

매우 사소한 일에도 더욱 진지하게 감사와 사랑을 표현하십시오.

감사를 더 많이, 더 자주 표현할수록 감사의 감각이 개발되어 더 깊이 느낄 수 있으며, 감사를 깊게 느끼고 표현할 때 우리 삶은 깊은 만족에 이릅니다.

매일 감사할 일을 찾아 감사하면 긍정적인 근육이 단련되어 기쁜 마음으로 삶을 즐길 수 있습니다.

감사 메모, 감사 명상 그리고 감사 일기는 주변에서 일어나는 일의 의미를 더 잘 이해할 수 있게 하고, 새로운 삶의 의미를 창조할 수 있습니다.

자기 자신에게도 감사 연습을 하십시오. 그래야 남에게도 더 잘 감사할 수 있습니다.

감사 메모

매 휴식시간 또는 자투리 시간이 나면 지금까지 감사할 일이 무엇인가 사소한 것까지도 메모해봅니다. 종이 위에 기록하는 것이 좋지만 여의치 않을 경우 머릿속으로 감사 명상을 실천합니다.

계획실천 목록도 중요하지만, 감사 기록 목록, 감사 실천 기록 목록이 우리를 더 행복하게 만듭니다.

매 순간 목표달성을 체크하는 것보다 감사할 일을 체크하는 것이 더 지혜로운 삶입니다.

감사 명상

매 휴식시간 또는 자투리 시간에 숨을 들이쉬면서 머릿속으로 그동안의 감사 대상(사람, 상황, 사건, 물건 등)을 떠올리고 숨을 내쉬면서 '감사합니다!'라고 말합니다.

감사 일기

매일 밤 잠 자리에 들기 전 오늘 나를 행복하게 해준 것 그리고 지금 행복하게 해주는 것 에 대해 10가지 이상 적어보십시오.

감사 인사

"최근에 가장 감사한 일이 무엇인가요?"

가족, 모임 등에서 인사하면서 이 질문을 먼저 하면 분위기를 긍정적 에너지로 밝게 채울 수 있습니다.

메시지에 "요즘 감사하는 일이 무엇인지 알려주세요."라고 남기는 것도 좋습니다.

2. 절대 자애

류태영은 말합니다.

"나는 만나는 사람마다 속으로 '류태영을 만난 사람은 다 복 주시옵소서!'라고 기도했다."

에크하르트 툴레는 말합니다.

"자애심은 인간이 가질 수 있는 가장 숭고한 느낌이며, 위대한 치유와 변화를 가져오는 힘을 가지고 있다."

세네카는 말합니다.

"사람이 사는 모든 자리에는 친절을 베풀 기회가 항상 있다."

칸트는 말합니다.

"인간을 수단이 아닌 목적으로 대우하라."

인도인의 인사 중에 '나마스떼'가 있습니다.

그 뜻은 "당신께 깃들어 있는 신께 문안드립니다."입니다.

인간에게는 누구나 '신성, 불성, 참 자아'가 내재합니다. 대통령과 노숙자, 사장과 수위 그 누구에게나 동일한 신성이 있습니다. 이것이 인간을 만물의 영장으로 고귀하게 만드는 인간의 근본 99%이며 나머지 1%만이 부, 지위, 능력, 외모 등입니다.

예수님이나 부처님은 그 1%에 개의치 않고 모든 사람을 동등하고 평등하게 사랑과 자비를 베푸셨습니다. 간디는 누구를 대하건 그가 최고의 완성을 이루었을 때의 모습으로 대우했다고 합니다.

노숙자에게 보시를 하더라도 불쌍하니까 돈을 던져주는 것이 아니라 그 사람의 잠재능력이 발휘되어 그가 성공하고 행복한 모습을 그리며 공손하게 건네는 것이 우리 속 신성의 요청입니다.

진정한 보시는 따뜻한 마음입니다.

한 우편집배원의 말입니다.

"강북에 비해 강남에서의 부수입이 많은 편입니다. 그러나 강북에서 일하는 것이 마음은 더 편합니다. 찬물 한 잔 얻어먹어도 강북의 주민은 정감이 가는데, 명절에 수고비 몇 푼 더 주는 강남의 주부들에게는 거리감이 느껴집니다."

누구에게나 차별 없이, 무엇을 주더라도 사심 없이 기꺼이 주십시오. 감사한 마음으로 기쁘게 주십시오.

자애의 근본 전제

첫째, 존재하는 모든 생명은 서로 깊이 연결되어 있습니다. 나와 무관한 생명은 없다는 사실을 늘 명심하십시오. 인간이 자연을 오염시키면 인간도 오염됩니다. 풀 한 포기, 조약돌 하나도 인간과 연결되어 있습니다.

둘째, 만물은 평등하며, 모든 사람도 평등합니다. 타인에게 우월감을 느낄 때 우리는 순수한 자애심을 가질 수 없습니다. 영원의 눈으로 볼 때 만물이 평등하고 다 같이 소중하다는 것을 깨달아야 합니다. 장미꽃 향기가 사람 차별 없이 누구에게나 퍼져 나가듯, 자애 에너지를 차별 없이 베푸십시오.

셋째, 모든 생명은 행복을 추구하고 고통을 싫어한다는 사실을 명심하십시오. 지렁이도 밟으면 꿈틀하듯이 모든 생명은 살고자 노력합니다.

넷째, 대상에 대한 판단을 중지하고 있는 그대로 받아들이십시오. 다른 사람을 인정하고 받아들일 때 미운 사람에게도 자애를 베풀 수 있습니다.

다섯째, 우리 속에 무궁무진한 자애 에너지 광맥이 매장되어 있습니다. 우리는 언제 어디서라도 자애를 베풀 수 있습니다.

『잡보장경』에 나오는 말입니다.

"가진 것이 아무것도 없어도 나누어 가질 수 있다. 부드럽고 편안한 미소와 눈빛으로 사람을 대할 수 있고, 공손하고 아름다운 말로 사람을 대할 수 있으며, 예의바르고 친절한 몸가짐으로 사람을 대할 수 있다."

여섯째, 자애 명상은 머리가 아니라 가슴으로 해야 합니다. 머리는 계산하지만 가슴은 느낍니다. 자애는 계산이 아니라 가슴에서 흘러넘치는 것입니다.

만물을 따뜻한 시선으로 보라

우리가 따뜻한 시선으로 바라보면 만물이 아름답게 보입니다. 인디언들은 들소, 나무 등 모든 사물을 '그것'이 아니라 '그대'로 표현합니다. 이 세상 만물을 전부 '그대'라고 부르면 우리의 시선이 달라지고 세상이 달리 보일 것입니다.

따뜻한 시선은 상대방에게 최고의 에너지를 선사합니다.

『성자가 되기를 거부한 수도승』에 다음과 같은 이야기가 있습니다.

한 성인은 제자가 되기를 원하는 수많은 사람들을 물리친 후 한 사람을 제자로 맞았습니다. 사람들이 그 이유를 묻자 다음과 같이 대답했습니다.

"지금까지 온갖 종류의 사람이 이곳을 거쳐 갔지만 마치 연인을 보는 것처럼 깊은 사랑의 눈길로 찻잔을 바라본 사람은 이 사람이 처음이다."

모든 살아 있는 것에 관한 애정 어린 주시는 사랑과 자애의 기초입니다. 인간이 살아가는 데 필요한 두 가지 에너지가 있습니다. 하나는 음식, 돈 등이 제공하는 물질적 에너지이며, 또 하나는 관심, 배려, 미소, 칭찬 등과 같은 정신적 에너지입니다.

자애는 이 둘 다를 베푸는 것이지만 보다 근본적인 자애는 정신적 에너지를 주는 것입니다. 시선이 순수하고 따뜻할 때 조약

돌은 다이아몬드가 됩니다.

미소는 최고의 보시다

상대방을 애정 어린 시선으로 미소 지으며 바라보십시오.

마더 테레사는 말합니다.

"서로에게 미소를 보내세요. 당신의 아내에게, 당신의 아이들에게, 서로에게 미소 지으세요.그가 누구이든지 그것은 중요하지 않습니다. 미소는 당신으로 하여금 서로에 대한 더 차원 높은 사랑을 갖도록 해줄 것입니다."

미소가 풍부한 사람이 진실로 최고 부자입니다. 아무리 부자라도 미소가 없는 사람은 실제로는 가난한 사람이며, 아무리 가난하더라도 미소가 가득한 사람은 진정 부자입니다.

불교에서도 최고의 보시는 미소입니다. 만나는 모든 이에게 미소를 베푸십시오. 미소가 깊어져 존재 전체로 미소 지을 수 있게 되십시오.

미소에 관한 글을 소개합니다.

나는 누구를 원망하거나 미워하지 않기
때문에 아무런 걱정이 없습니다.

그래서 언제나 미소 지을 수 있습니다.

나는 명예나 재산을 얻으려고 집착하지 않기
때문에 아무런 괴로움이 없습니다.
그래서 언제나 미소 지을 수 있습니다.

나는 지나간 과거를 후회하지 않고
오지 않은 미래를 걱정하지 않습니다.
그래서 언제나 미소 지을 수 있습니다.

나는 과거로부터 와서 현재의 원인으로 인해
미래로 가는 것을 알아 죽음이 두렵지 않습니다.
그래서 언제나 미소 지을 수 있습니다.

나는 병의 고통에서도, 이별의 슬픔에서도
무상과 무아를 보는 수행을 합니다.
그래서 언제나 미소 지을 수 있습니다.

진심으로 사랑을 담아 칭찬하고 격려하라

결코 사람들을 비난하거나 경멸하지 마십시오.
바딤 젤란드가 쓴 『리얼리티 트랜스핑』에 다음과 같은 구절이 있습니다.

"무슨 일이 있더라도 사람을 경멸하지 말라. 경멸은 가장 위험한 형태의 비난이다. 균형력의 작용에 의해 당신도 비난받는 사람과 동일한 위치에 놓이게 될 수 있다. 당신은 부랑자와 가난한 사람들을 멸시하는가? 그렇다면 당신도 집과 돈을 잃어버리게 될 수 있다. 균형은 그런 식으로 복구된다. 신체적 장애를 가진 사람을 경멸하는가? 그렇다면 당신을 위해 불의의 사고가 마련되어 있을지 모른다. 경멸과 허영은 인간의 악덕이다."

비난과 경멸을 멀리하고 그 대신 가슴에서 우러나오는 진심으로 사랑을 담아 상대방을 인정하고 칭찬하십시오.
마크 트웨인은 말합니다.
"한마디의 격려는 우리를 한 달 동안 기쁘게 할 수 있다."

수학만 우수한 성적을 받고 나머지는 부진한 학생에게 담임선생님이 말했습니다.
"자네의 수학점수는 정말 놀라워. 자네는 수재야. 어때! 다른 과목도 포기하지 말고 수학처럼 열심히 해봐. 자네는 틀림없이 성공할 거야!"

미국의 어느 그룹 회장은 아침 출근 때 가끔 정문 수위를 다음과 같이 칭찬하고 격려했다고 합니다.

"자네가 나보다 이 건물에서 더 중요한 사람이네. 나는 이 건물 꼭대기에 틀어박혀 있는데 자네는 매일 이 건물을 드나드는 모든 사람에게 미소를 보내고 친절하게 안내하니 말일세."

남편이 아내의 장점을 칭찬하고 여왕처럼 대하면 황제가 되지만 약점을 비난하고 하녀처럼 대하면 자신도 하인이 됩니다.

사장이 간부사원을 칭찬하고 격려하고 발전을 도우면 간부사원은 사장이 되고 사장은 회장이 됩니다.

에모토 마사루의 『물은 답을 알고 있다』에 보면 미워한다는 글을 붙인 유리병 속의 물의 결정은 일그러지고, 칭찬한 글을 붙인 유리병의 물의 결정은 아름다운 다이아몬드처럼 빛났습니다. 칭찬을 찾아내는 마음과 칭찬하는 습관은 자기 자신과 세상을 아름답게 만듭니다.

'감사합니다!'와 '고맙습니다!'를 적극적으로 표현하라

이 말들은 빛의 에너지를 발산합니다. '감사해요', '고마워요'는 '사랑해요'보다 더 밝은 빛을 내는 보다 근원적인 에너지입니다. '감사해요', '고마워요'는 말하는 나와 듣는 상대방 모두를 행복하게 만듭니다.

하루 중 기회 있을 때마다 '감사함'과 '고마움'을 적극적으로 표현하십시오. 나의 감사의 행복 에너지는 상대방을 행복하게 만드는 자애 에너지가 됩니다.

진심으로 표현할 때 감사와 고마움의 밝은 에너지는 상대방에 전달되기 전에 우리 자신을 먼저 밝게 충전시키고 상대방에게 전달됩니다.

반대로 미움, 증오, 질투 등의 파괴 에너지는 상대방에게 전달되기 전 우리 자신을 먼저 오염시킨다는 것을 명심하십시오.

자애 명상 실습

문제 발생 시 자애 명상 실습

이기심은 항상 '이 상황에서 무엇을 얻을까?'를 생각하지만 이타심은 '이 상황에서 무엇을 도울까?'를 생각합니다. 진정한 엘리트는 다른 사람을 능가하기 위해 노력하는 사람이 아니라 돕기 위해 노력하는 사람입니다.

카알 힐티는 문제해결을 위한 최선책은 '현명한 대책'보다는 '사랑이 담긴 방법'을 찾는 것이라고 말합니다.

매 순간 문제가 발생할 때 다음과 같이 빛의 선택을 하십시오.

"이 상황에서 어떻게 하면 더 많이 자애와 사랑을 베풀 수 있을까?"

미운 사람에 대한 자애 명상 실습

미운 사람이 많으면 성공해도 행복할 수 없습니다. 증오는 증오로서 극복되지 않습니다. 오직 용서와 사랑만이 마음을 치유할 수 있습니다.

용서와 사랑은 용기가 있어야 합니다. 용서의 힘은 용서받는 사람보다 오히려 용서하는 사람들에게 위대한 영향력을 발휘합니다.

용서란 과거의 고통과 배반을 내려놓는 일입니다. 우리가 무겁게 짊어지고 다니는 증오와 고통의 등짐을 벗어놓는 자유로 가는 일입니다.

고통을 주거나 문제를 일으키는 사람에 대해 다음과 같이 자애 명상을 하십시오.

그 사람을 눈앞으로 불러와 바로 앞에 있다고 상상합니다.

그 사람에게 안 좋은 감정을 솔직하게 표현합니다. "넌 나쁜 놈이야! 그렇게 행동해서는 안 돼!"

그 사람이 그 사실을 인정하고 진심으로 뉘우치고 용서를 구하는 모습을 상상합니다. 그 사람을 진심으로 용서합니다. 그 사람이 '건강, 자신감, 진실성, 마음의 평화' 등을 되찾아 밝게 웃는 모습을 상상하십시오.

당신에게 상처 입힌 사람을 용서하고 축복하는 당신 자신에게도 축복하십시오. 이제 미운 사람이 떠오를 때마다 자애의 빛을 비추십시오.

하루 중의 자애 명상 실습

아침에 눈을 뜨는 순간 자신에게 자애의 빛을 비추십시오. 온몸이 따뜻한 사랑의 에너지로 충만한 상태를 느껴보십시오. 빛 호흡 명상과 함께 해도 됩니다. 그 다음에 가족들에게 차례차례 자애의 빛을 비추십시오. 출근 시 만나는 모든 사람에게 자애의 빛을 비추십시오. 그들이 자애의 빛을 받고 마음이 평온하고 평화로워지는 것을 상상하십시오.

태양은 남녀, 빈부귀천 없이 누구에게나 똑같이 빛을 비추이고, 장미는 착한 사람, 악한사람 관계없이 누구에게나 향기를 발산합니다. 태양과 장미처럼 자애의 빛을 구별, 차별 없이 비추십시오. 버스나 지하철에서 만난 수많은 사람들에게 자애의 소나기를 뿌리십시오. 의식적으로 그렇게 하십시오.

난폭운전을 하는 기사 분께는 더욱 집중해서 보내십시오. 갑자기 기사분이 안전운전을 하기 시작했다는 학생들의 발표사례가 여럿 있습니다. 갑자기 끼어든 자동차 운전자에게도 비추십시오.

자애의 빛 실천은 우리를 긍정적으로 변화시킵니다. 자애의 빛은 상대방에게 전달되기 전에 먼저 우리 마음을 통과합니다. 그 순간 우리 마음을 조금 더 밝고 평화롭게 만듭니다. 마찬가지 원리로 우리가 미움과 증오의 빛을 남에게 보낼 때는, 그 전에 그 빛이 우리 마음을 먼저 오염시킵니다.

하루를 평화롭고 행복하게 살았다는 것은 하루 중에 우리가 얼마나 마이너스 진동, 에너지, 빛을 보냈는가 아니면 플러스 진동, 에너지, 빛은 보냈는가에 결정됩니다.

자애의 빛은 머리로가 아니라 가슴에 따뜻한 사랑의 감정을 느끼면서 보낼 때 강한 효력을 냅니다. 그리고 미소와 함께 보낼 때 최고의 효력을 발휘합니다.

아침에 눈뜨는 순간부터 저녁에 잠들 때까지 누구에게나, 심지어 원수에게까지도 자애의 빛을 비추는 연습을 일주일만 해봅시다. 처음에는 어색하고 잘되지 않을 것입니다. 잠시 하다가 곧 평상시처럼 사람들을 기계적이고 타성적으로 보는 상태로 되돌아가기 마련입니다. 그러나 의식적으로, 지속적으로, 끈기 있게 노력해보십시오. 그러면 조금씩 자애 명상의 횟수와 시간과 범위가 늘어나게 될 것입니다.

사람뿐만 아니라 동물, 식물에까지 자애의 빛을 비추십시오. 지속적인 자애 명상 연습은 점차 사람, 동물, 자연에 대한 시선을 달라지게 만들 것입니다. 만약 예수님과 부처님이 만물을 바라본다면 그것은 바로 100% 순수한 자애의 시선일 것입니다.

우리는 행복하기 위해 맛있는 음식, 예쁜 옷, 멋진 집을 필요로 합니다. 그러나 이것은 필요조건이지 충분조건은 아닙니다. 아무리 물질적으로 풍부하고 겉으로는 웃고 떠들어도 내면 깊이 평화와 안정이 없고 불안, 초조하다면 그것은 참 행복이 아닙니다.

행복의 근원적이며 충분한 조건은 존재의 기쁨과 흔들리지 않는 평화 그리고 주어진 것에 감사하고 만물에 대해 자애의 마음을 갖는 것입니다.

우리가 속한 가정, 직장, 학교, 기타 모임에서 자애 명상을 실천합시다. 직장생활이 힘들고 괴롭다면 직장 사람들에게 자애 명상을 연습합시다. 그러면 직장이 괴로운 곳에서 즐거운 곳으로 바뀔 수 있습니다. 자애 명상은 자신과 이웃을 맑게 하는 일종의 정신적·영적 환경운동입니다. 물질만능, 경쟁 위주의 이 시대에 우리 모두 힘들고 피곤합니다. 그러나 우리 모두가 자애 명상을 실천한다면 우리가 사는 바로 이곳이 바로 하느님의 나라, 불국토가 될 것입니다.

3부

기적의
두루마리 읽기

글에도 에너지가 있습니다. 좋은 글은 좋은 에너지를, 나쁜 글은 나쁜 에너지를 방사합니다. 주기도문이나 반야심경은 짧지만 강한 에너지를 충전시킵니다. 유태인들은 지혜의 말씀을 적은 쪽지를 모자나 옷에 넣어 다니면서 수시로 외우고 상기한다고 합니다. 다음의 두루마리를 수시로 읽고 빛의 에너지를 충전 받으십시오. 두루마리는 종교에 상관없이 누구에게나 강한 에너지를 충전시킵니다.
언젠가 두루마리를 읽은 한 학생이 말했습니다.
"이것은 종이 위의 기적입니다!"

제1장

종이 위의 기적 두루마리 이야기

다음은 오그 만디노의 『세상에서 가장 위대한 상인』에 나오는 10개의 두루마리에 관한 이야기를 필자가 새롭게 개조, 보충한 것입니다. 마찬가지로 독자 누구라도 자신에게 꼭 필요한 구절을 첨가하거나 개조할 수 있습니다. 두루마리를 가끔 업그레이드 하십시오. 그러면 자기 자신에게 최고, 최상의 빛 에너지를 수시로 충전할 수 있는 강력한 에너지 충전기가 될 것입니다.

어느 날 억만장자 하피드는 그가 제일 신임하는 창고지기 에라스무스를 불렀습니다. 그의 창고에는 양모, 양탄자, 향유, 도자기 등 전 세계로부터 온 수많은 값비싼 물건들로 넘쳐나고 있었습니다.

그는 에라스무스에게 말했습니다.

"나의 모든 재산을 금으로 바꾸어 사람들에게 나누어주게, 그러고 나면 자네에게 지난 30년 동안 숨겨왔던 나의 비밀을 알려주겠네."

사실 지금까지 그는 해마다 그해 이익의 절반을 가난한 사람들에게 나누어주었습니다. 이제 노년이 되자 그의 남은 전 재산을 도시의 가난한 사람들에게 골고루 나누어주기 위해 창고지기를 불렀던 것입니다.

에라스무스는 주인의 명령대로 전 재산을 처분했습니다.

하피드는 마음이 참으로 편안하고 행복했습니다. 마지막 재산까지 아낌없이 베풀면서 그는 자신이 선행을 한다기보다는 본래 그들의 것을 되돌려준다고 생각했습니다. 그것이 그가 그토록 열심히 노력해 이룩한 부의 진정한 목적이고 성공의 최종 단계였던 것입니다.

이 일이 끝났을 때 하피드는 에라스무스를 지난 30년 동안 아무도 접근할 수 없었던 자신의 화려한 궁궐의 탑으로 데리고 갔습니다. 30년 동안 경비를 엄중하게 해 왔기 때문에 사람들 사이에서는 거기에 가난한 사람들에게 이미 베푼 전 재산보다 더 소중한 대단한 보물이 있을 거라는 소문이 무성했습니다. 그러나 에라스무스의 기대는 한 순간에 무너졌습니다. 기대와 달리 탑 속에 들어가자 거기에는 특별한 보물은 전혀 없었고 단지 편백나무 상자 하나가 달랑 놓여 있을 뿐이었습니다.

그러나 하피드는 매우 경건한 자세로 조심스럽게 상자를 열쇠로 열었습니다. 그리고 한 장의 두루마리를 꺼내면서 다음과 같이 말했습니다.

"이 방안 가득히 다이아몬드가 쌓여 있다 해도 지금 자네가 보는 이 보잘것없는 나무상자 안에 들어 있는 것보다 못하네. 나의 모든 성공과 행복, 마음의 위안을 준 재산은 이 몇 장 안 되는 두루마리 속에 들어 있지. 나는 이 두루마리와 이것을 나에게 물려준 그분에게 어떻게 감사를 표해야 할지 모르겠네!"

에라스무스는 주인이 지난 30년 동안 그 무엇보다 소중히 여기고, 누구의 접근도 불허했던 것이 단지 몇 장의 종이 두루마리라는 사실에 놀라면서 그 두루마리 속에 도대체 무엇이 쓰여 있는지 물었습니다. 하피드는 다음과 같이 말했습니다.

"이 두루마리들 중 단 한 장의 두루마리만 빼고는 모두가 읽는 사람이 쉽사리 그 뜻을 이해할 수 있어. 독특한 형태로 근본적인 사실을 설명해주고 있기 때문이지. 상업적으로 거부가 되려는 사람이면 누구나 이 두루마리의 모든 비결을 배우고 실천해야 돼. 누구든지 이 원칙을 터득한 사람이면 그가 원하는 만큼 재산을 모을 수 있어."

하지만 에라스무스는 실망했다는 듯이 그 낡은 두루마리를 쳐다보면서 말했습니다.

"주인어른만큼 부자가 될 수 있다는 말씀입니까?"

"그래, 원하기만 한다면 나보다 더 큰 부자가 될 수 있어."

"그러면 한 장을 제외하고는 모두 거부가 될 수 있는 비결이 적혀 있다는 말인가요? 그렇다면 나머지 한 장에는 무엇이 적혀 있나요?"

"실은 그것을 가장 먼저 읽어야 하네. 이 두루마리들은 모두 기묘하게 연결되어 있기 때문에 첫 번째 것을 읽고 나서 다른 것을 읽어야 해. 그리고 첫 번째 두루마리에는 역사상 유명했던 몇 사람의 비결이 적혀 있어. 사실 그것은 다른 두루마리에 적혀 있는 내용을 깨닫는 데 가장 효과적인 방법을 제시해주고 있지."

"누구든 이것을 이해할 수 있다는 것이 사실입니까?"

"그렇고말고! 이 모든 원칙을 하나하나 이해하고 주의와 노력을 기울여 그것이 그 사람의 성격의 일부가 되고 일상생활 가운데 자연스럽게 나타나는 습관으로 정착된다면 말일세."

에라스무스는 그렇게 중요한 비결을 왜 다른 장사꾼들에게는 안 가르쳐주었느냐고 물었습니다. 그러자 하피드는 자신이 이 두루마리를 물려받았을 때, 이 두루마리를 정말 필요로 하는 사람이 나타날 때까지는 이 비밀을 아무에게도 누설하지 않기로 약속했다고 말했습니다. 그러면서 두루마리를 다시 상자에 집어

넣고 열쇠를 채웠습니다.

그렇다면 하피드는 어떻게 이 두루마리를 물려받았을까요?

하피드가 청년이었을 때 그는 거상 파트로스의 낙타지기였습니다. 어느 날 그는 주인에게 주인의 물건을 파는 위대한 장사꾼이 되겠다는 요청을 했습니다. 지상 최대의 상인이 되겠다는 젊은 하피드의 야심찬 말을 들은 파트로스는 그의 굳센 의지를 보고 그에게 첫 장사의 기회와 임무를 주었습니다. 그것은 염소 털로 만든 세상에서 가장 좋고 값비싼 옷 한 벌을 베들레헴에 가서 파는 것이었습니다. 그 옷 안쪽에는 세상에서 최고 품질의 옷을 만드는 사람 토라의 상표인 작은 별이 선명하게 그려져 있었습니다.

떠나는 그에게 파트로스는 새로운 인생을 출발할 때 명심할 귀중한 구절이라며 다음과 같이 말했습니다.

"성공하겠다는 의지가 강한 자에게 실패란 결코 없다! 나는 반드시 매일 성공하고 매일 베푼다."

다음날 새벽, 하피드는 주인이 일러준 구절을 마음속으로 외우면서 말을 타고 베들레헴으로 향했습니다.

그러나 베들레헴에 온 지 3일이 지났지만 그는 계속 허탕을 쳤고, 한 벌의 옷은 말 등에 그대로 실려 있었습니다. 그는 허송한 시간과 자신의 무능이 안타까웠지만 다시 한 번 마음을 고쳐먹고 오늘밤은 돈을 절약하기 위해 산에서 자고 내일은 반드시 옷을 팔 수 있도록 최선을 다해야겠다고 다짐했습니다.

그는 혹시 있을지 모르는 도둑을 피해 산 속의 동굴로 들어가다가 움찔했습니다. 왜냐하면 동굴 속에는 조그만 촛불 아래 턱수염이 텁수룩한 한 남자와 젊은 여인이 서로 몸을 의지한 채 떨고 있었기 때문이었습니다. 그리고 찬찬히 보니 그들 옆의 비어 있는 소 먹이통 안에 갓 태어난 아기가 자고 있었습니다. 외투를 모두 벗어 아이를 덮어주었기 때문에 얇은 옷만 걸친 부부는 추위에 부르르 떨고 있었습니다.

하피드는 아기를 보았습니다. 조그마한 입을 열었다 오므렸다 하면서 웃고 있는 모습을 보자 그에게 뭔가 이상한 감정이 찾아들었습니다. 그는 잠시 생각에 잠겨 있다가 자신의 말에게로 가서 보자기를 풀어 유일한 한 벌의 귀중한 옷을 가져왔습니다. 그러고는 아기를 감싸고 있던 부부의 낡은 외투를 그들에게 돌려주었습니다. 지난 사흘 동안 팔다리가 아프도록 돌아다니면서 팔려고 했던 그 귀중한 옷을 펼쳐서 잠자는 아기를 포근히 감쌌습니다. 두 사람은 하피드의 의외의 행동에 어쩔 줄 모르는 채 보고만 있었습니다.

그가 말을 타고 동굴을 나왔을 때 그의 머리 바로 위에 생전 처음 보는 매우 밝은 별이 빛나고 있었습니다. 그것을 쳐다보는 하피드의 눈에는 눈물이 고였습니다. 그는 그 길로 파트로스의 카라반으로 향했습니다.

파트로스에게로 가는 동안 하피드는 걱정이 태산 같았습니다. 그 비싼 옷을 낯선 어린아이에게 주어버렸기 때문이지요. 그러나 하피드가 오자마자 파트로스는 너무나 밝은 별이 베들레헴에서 여기까지 하피드를 따라왔다고 말하면서 도대체 그동안 무슨 일이 일어났느냐고 물었습니다. 하피드는 솔직하게 그동안 옷을 팔지 못한 사연과 동굴에서 일어난 일을 이야기했습니다. 파트로스는 그의 이야기를 들으면서 그를 나무라는 대신 미묘한 미소를 지었습니다.

하피드는 이번 장사의 실패로 계속 낙타지기로 머물 수밖에 없다고 괴로워하고 있었습니다. 그것을 본 파트로스는 다음과 같이 위로하고 격려해주었습니다.

"하피드, 이번 장사에서 너는 정말 많은 이익을 남겼다. 푹 쉬어라. 너는 결코 실패하지 않았어! 너는 진정한 베풂을 실천했어!"

그리고 2주가 지난 어느 날 갑자기 수척해진 파트로스는 하피드를 불렀습니다.

"하피드. 아직도 이 세상에서 가장 위대한 상인이 되겠다는 생각을 갖고 있느냐?"

"물론입니다. 주인님."

그러자 파트로스는 이제 자기도 늙어 은퇴할 때가 되었다며 침대 밑에서 편백나무 상자를 꺼내 하피드에게 열라고 말했습니다. 하피드가 상자를 열자 파트로스는 말했습니다.

"수십 년 전 내가 자네처럼 낙타지기였을 때, 두 사람의 산적에게 쫓기는 동방에서 온 여행자 한 사람을 구해준 일이 있었지.

그는 나에게 생명의 은인이라고 하면서 무엇인가 보답하겠다고 했지. 물론 나는 사양했지만, 그는 돈도 친척도 없는 나를 데리고 가서 그의 양자로 삼았단다.

어느 날 나는 양부모에게서 열 장의 두루마리가 들어 있는 이 상자와 봉함편지 한 통과 일금 50피스가 들어 있는 지갑을 받았어. 양부모는 그 봉함편지를 집을 떠나고 난 후에 열어보라고 말했지. 나는 양부모에게 작별 인사를 한 후, 팔미라로 가는 길목에 이르러서야 비로소 그 봉투를 뜯어보았어.

그 내용은 나에게 준 금을 가지고 두루마리에서 쓰인 비결을 응용하여 새로운 생활을 시작하라는 것이었지. 그리고 내가 번 돈의 절반은 가난한 사람들에게 나누어주라고 지시하고 있었어. 마지막 내용은 두루마리를 전달받을 만한 특별한 영감을 일으키는 사람이 나타날 때까지는 두루마리를 누구에게든 절대 주거나 보여주어서도 안 된다고 했어.

나는 그 두루마리의 비결을 실천하여 오늘날의 부를 이룬 것이다."

하피드가 놀라면서 아직 잘 이해가 안 간다고 하자 파트로스는 계속 말했습니다.

"나는 나에게 이 많은 재산을 안겨다준 두루마리를 넘겨주라는 어떤 계시가 나타나기를 기다려 왔다. 나는 네가 베들레헴에서 돌아오기 전까지만 해도, 내가 죽기 전에 그런 사람이 나타나지 않으면 어찌하나 염려했었지.

그런데 그 밝은 별이 베들레헴에서부터 너를 따라오는 것을 보고 네가 바로 그 두루마리의 상속자라는 것을 알게 되었지. 신의 계시가 아니고선 그런 일이 일어날 수 없다고 생각했지. 그런데 네가 그 옷으로 갓난아기를 덮어주었다고 했을 때, 마음속으로 그렇게 오랫동안 기다렸던 일이 마침내 이루어졌음을 확신하게 되었지.

내가 바로 그 사람을 찾았다는 것을 알고 나니 이상하게 나의 생명력은 천천히 사라져 갔어. 이제 생명은 얼마 남지 않았지만, 그렇게 오랫동안 찾아왔던 사람을 만났으니 이제 편안한 마음으로 이 세상을 떠날 수 있겠구나."

그는 눈물을 흘리고 있는 하피드의 손을 잡으면서 말했습니다.

"자, 이 상자와 금 백 달란트를 주겠다. 더 많은 재산을 줄 수도 있지만 그것은 오히려 너에게 도움이 되지 않을 것이다.

네 스스로 노력해서 이 세상에서 가장 부유하고 가장 위대한 상인이 되는 것이 보다 값진 것이다! 곧장 이 마을을 떠나 다마스쿠스로 가거라. 그곳에 가면 이 두루마리에서 배운 것을 응용할 수 있는 무한한 기회가 있을 것이다.

우선 거처할 곳이 정해지면 첫 번째 두루마리만을 열어보아라. 그것을 충분히 읽고 그 비결의 내용을 충분히 알게 되면 다른 모든 두루마리에 적혀 있는 판매원칙들을 이해할 수 있을 것이다. 그리고 난 뒤 네가 샀던 융단을 팔도록 해라.

네가 맹세해야 할 것은, 첫째, 두루마리가 지시하는 대로 따라야 한다는 것. 둘째, 네가 매일 벌어들인 돈의 절반을 언제나 가난한 사람들에게 나눠주어야 한다는 것이다.

이것은 꼭 지켜야만 한다. 할 수 있겠느냐?"

이에 하피드는 '명심하겠습니다'라고 말했습니다. 그러자 파트로스는 덧붙여 말했습니다.

"그러면 마지막으로 가장 중요한 것이 남아 있다.

너는 결코 이 두루마리나 그 속에 적혀 있는 내용을 다른 사람들에게 절대로 말해서는 안 된다. 내가 그랬듯이 언젠가 너에게도 영감을 일으킬 만한 사람이 나타날 거야. 비록 그 사람이 모르고 있을지라도 그는 선택된 사람이야. 일단 네가 선택된 사람이라고 결정을 내리면 그 사람에게 이 상자를 주거라. 하지만 그때에는 내가 너에게 부탁했던 이런 약속은 할 필요가 없다.

내가 처음 이 상자를 받았을 때 그 편지 속에는 이 두루마리를 받게 될 세 번째 사람은 본인 임의대로 그 내용을 세상에 공개할 수 있다고 적혀 있었어.

이 세 번째 약속도 지킬 수 있겠느냐?"

하피드는 그렇게 하겠다고 맹세했습니다.

하피드는 파트로스의 곁을 떠나 다마스쿠스로 갔습니다. 그리하여 두루마리의 가르침대로 실천하여 마침내 거대한 상업왕국을 이룩했던 것입니다. 그리고 이제 파트로스와의 약속대로 그의 모든 재산을 에라스무스를 시켜 가난한 사람들에게 골고루 나누어주기에 이르렀던 것입니다.

그 열 개의 두루마리는 하피드의 꿈을 성취하도록 이끈 성공의 십계명이었으며 하나님이 내려준 유일한 성공 비망록이었던 것입니다.

하피드는 그 두루마리의 상속자를 애타게 기다렸습니다.

3년이 지난 어느 날 사막의 동쪽에서 키가 작고 야윈 사람이 하피드를 찾아왔습니다. 그는 거의 거지 형상이었습니다. 몸도 상처투성이였습니다. 다만 그의 두 눈만은 타오르는 불꽃처럼 강렬했습니다. 에라스무스가 그의 몰골을 보고는 그를 쫓아냈습니다. 그러나 그는 전할 말이 있다며 꼭 주인을 만나게 해달라고 애원했습니다. 여러 번 간청 끝에 하피드를 만나자 그는 다음과 같이 말했습니다.

"저는 유대족 바리새인으로 바울이라고 합니다. 조상 대대로 천막을 만들고 있지요. 4년 전, 예루살렘에서 스테판이란 선지자를 돌로 사형시키기 위해 증언하게 되었지요. 스테판은 예수님을 메시아로서 추종했으며 그 때문에 하나님을 모독했다고 예루살렘 최고 법정에서 사형이 선고되었습니다. 그리고 예수님은 스테판 사건 일 년 전에 로마인들에게 붙들려 십자가에 못 박히셨습니다. 저는 젊은 혈기로 로마 성직자의 부탁에 따라 예수님의 제자들을 붙잡아 처벌하려고 여기 다마스쿠스까지 왔습니다.

내가 여기에 도착했을 때 하늘에서 갑자기 한 줄기 광채가 나에게 비치면서 '바울아! 바울아! 네가 왜 나를 핍박하느냐'라는 소리가 들려왔습니다. 제가 '당신은 누구십니까?'라고 묻자 '나는 네가 그렇게도 박해한 예수다. 지금 곧장 일어나서 도시로 들어가거라. 그러면 네가 할 일을 알게 되리라'라는 음성이 들려왔습니다.

그 길로 저는 도시로 들어가 유대인 교회에 갔습니다. 예수님의 제자들을 핍박하던 제가 예수님을 하나님의 아들이라고 말하며 설교하자 그들은 나를 믿지 않았습니다. 예수님의 제자 중 어느 누구도 내가 받은 신의 계시를 믿거나 가까이 오지 않았습니다. 그럼에도 불구하고 나는 예수의 이름으로 설교를 계속했지만 헛수고였습니다. 그러던 어느 날 하나님의 목소리가 다시 들려왔습니다.

'그대는 거의 4년 동안 말씀을 전했으나 빛을 보지 못했다. 하나님의 말씀을 파는 방법을 모르면 사람들은 네 말을 들으려 하지 않을 것이다. 나는 모든 사람이 알 수 있도록 비유해 말하지 않았느냐? 설탕만으로는 파리 몇 마리밖에는 모으지 못할 것이다. 다마스쿠스로 돌아가서 지상 최대의 상인이라고 칭송 받고 있는 사람을 찾아 보거라. 그러면 내 말을 세상에 전할 수 있는 방법을 그대에게 가르쳐주리라.'"

하피드는 그토록 오랫동안 기다리던 사람이 나타났음을 깨닫고는 그에게 예수에 관해 물었습니다. 바울은 유대인들이 유대 민족을 하나로 통합시켜 행복하고 평화스러운 왕국을 이룩해줄 메시아를 오랫동안 기다렸고 그분이 바로 예수님이며, 그의 설교 내용, 십자가에 못 박히신 일, 그리고 부활에 관해 이야기했습니다. 그리고 그는 가지고 온 자루를 끌러 한 벌의 붉은 옷을 꺼내면서 말했습니다.

"당신은 지금 예수님께서 남겨놓으신 이 세상에서 가장 훌륭한 물건을 보고 계십니다. 예수님께서는 그분이 가진 모든 것을 세상 사람들에게 나누어주셨습니다. 자신의 생명까지도 말입니다. 로마 군병들은 그의 십자가 밑에 이 옷을 던져버렸습니다. 저는 지난번 예루살렘에 있을 때 이 옷을 찾기 위해 얼마나 애썼는지 모릅니다."

하피드는 그 순간 피로 얼룩진 그 옷을 어루만지면서 부르르 떨고 있었습니다. 그 옷은 옛날 동굴에서 갓난아기에게 덮어준 바로 그 옷이었던 것입니다. 그 옷 안쪽에는 토라의 상표인 작은 별이 아직도 선명히 남아 있었습니다.

하피드는 예수님의 탄생에 대해 물었습니다. 바울은 예수님은 베들레헴 동굴에서 태어나셨다고 말했습니다. 그 말을 듣고 있던 하피드의 뺨에는 눈물이 하염없이 흐르고 있었습니다.

하피드는 에라스무스에게 말했습니다.

"나의 믿음직스런 친구여, 탑으로 올라가서 그 상자를 가져오게나. 이제야 우리가 그렇게도 고대하던 두루마리의 상속자를 찾았다네!"

이제 열 개의 두루마리는 세상의 모든 사람에게 공개되었습니다! 누구나 이 두루마리의 내용을 읽고 실천한다면 참으로 행복하고 성공적으로 살 수 있습니다.

인생을 절대 긍정하며 항상 감사하고 자비를 베풀면서 살 것인가, 아니면 그냥 이대로 살 것인가. 선택은 여러분에게 달려 있습니다. 만일 삶의 변혁을 절실히 원한다면 기적의 두루마리를 읽으십시오. 그러면 인생의 새로운 장이 열릴 것입니다.

제2장

10개의 두루마리

1. 첫 번째 두루마리: 새 인생의 출발

어떤 행위든 '알, 빛, 집'할 때 최선의 행위가 된다. 나는 '알, 빛, 집'으로 지금 이 순간을 내 인생 최고의 순간으로, 오늘을 내 인생 최고의 날로 만든다. 나는 매 행위 전후에 빛 호흡 명상을 실천한다.

오늘부터 나의 새로운 인생이 시작된다! 오늘 나는 그동안 나를 괴롭히던 생각중독, 어둠의 선택, 집중력의 결여에서 벗어나 알아차림, 빛의 선택 그리고 몰입과 즐김에 의해 삶의 매 순간을 내 생애 최고의 순간으로 만들어 행복한 삶을 산다.

오늘 나는 다시 태어났고 내 삶의 새로운 역사를 쓴다! 나는 지금부터 삶을 절대 긍정하며 매사에 감사와 자비로 임한다.

나의 가슴 속에는 항상 삶의 활기찬 생명력이 넘쳐흘러 매일 성공하고 매일 행복하다.

지금까지는 실패와 고통으로 상심한 날도 많았지만 이제부터 나는 성공적이고 행복한 삶을 산다. 왜냐하면 지금 나에게 행복한 삶을 위한 3가지 보물, 즉 '기적의 두루마리'와 '알, 빛, 집' 그리고 '빛 호흡 명상'이 있기 때문이다. 경제적 풍요, 꿈꾸던 성공, 참된 행복이라는 밝은 곳으로 이끌어주는 원칙과 지혜가 이미 내 손 안에 있다.

오늘 나는 새로운 삶을 시작한다! 물 위에 떠다니는 코르크 병마개처럼 더 이상 방황하지 않고, 인생이라는 배의 강하고 지혜로운 선장이 되어 새로운 삶을 멋지고, 신나게, 열정적으로 그리하여 성공적으로 완수한다.

좋은 습관은 모든 성공의 열쇠이며, 나쁜 습관은 실패의 지름길이다. 과거 나의 행동은 충동, 탐욕, 공포, 환경, 습관에 의하여 지배되었다. 그중에서도 가장 무서운 폭군은 나쁜 습관이며, 최고 나쁜 습관은 생각중독이다. 그러나 더 이상 나쁜 습관, 생각중독의 노예가 아니라 좋은 습관, 즉 행위의 최고 준칙이자 행복공식인 '알, 빛, 집'의 주인이 된다.

그러면 어떻게 '알, 빛, 집'의 주인이 될 수 있는가? 이 두루마리에 적혀 있는 대로 하면 된다. 왜냐하면 두루마리 한 장마다 내 인생에서 나쁜 습관을 몰아내고 훌륭한 습관을 형성함으로써 성공과 행복의 길로 이끄는 비결이 적혀 있기 때문이다.

우선 나는 두루마리 읽기부터 새로운 습관으로 만든다. 나는 다음과 같이 각 장의 두루마리를 순서대로 일주일씩 읽는다.

첫째로, 나는 매일 아침 기상과 동시에 소리 내지 않고 두루마리를 읽는다. 그리고 점심 식사 후에 다시 읽고, 잠자기 전에 큰 소리로 읽을 것이다. 다음날도 계속 이렇게 하여 일주일 동안 되풀이한다. 일주일 후 그 다음 두루마리로 넘어가 같은 과정을 또 일주일 한다.이러한 방법으로 10개의 두루마리를 10주 동안 읽어 확고한 습관으로 정착시킨다.

그러면 이 습관으로 무엇이 얻어지는가? 여기에 성공과 행복의 비결이 숨어 있다.

내가 이 내용을 매일 반복함으로써 그것은 나의 행동력이 되고 실천력이 되어 전에는 불가능했던 것을 가능하게, 꿈꾸던 것을 현실로 만든다.

이 두루마리 속의 내용은 나에게 신비감을 불러일으켜 나는 매일 아침 힘찬 생명력에 넘쳐 기상한다. 나의 생기는 증가되고 열정은 분수처럼 솟아올라 이전의 모든 근심은 깨끗이 사라지고 이전보다 훨씬 활기차고 긍정적이고 자신감 있게 산다.

결국 나의 모든 사고와 행동이 두루마리가 가르치는 대로 반응하게 되고, 이런 반복실행으로 인해 습관화된다. 이러한 좋은 습관은 계속 반복함으로써 더욱 행동하기 쉽게 되고 즐겁게 하게 된다.

삶의 달인이 되는 최고 습관이며 행위의 최고 준칙인 '알, 빛, 집'의 정착이야말로 나의 목표이다.

나는 오늘부터 새로운 삶을 산다! 어떤 장애도 새로운 삶의 성장을 방해하지 못할 것이라고 엄숙히 선언한다. 나는 매일 이 두루마리를 읽는 습관을 어겨서는 안 되고 어기지도 않는다. 다른 무엇으로도 이를 보상하고 대체할 수 없기 때문이다.

사실 두루마리를 읽는 시간은 짧지만, 이는 내게 조만간 성공과 행복을 가져다준다.

오랜 포도주와 같이 무르익은 지혜의 두루마리의 내용을 나는 한 방울도 흘리지 않고 남김없이 마신다. 이 성공과 행복의 알맹이를 온몸 가득히 흡수한다.

다음 번 두루마리로 들어가기 전에 잠시 생각해보자.

지금 당신이 팔굽혀펴기를 한다면 몇 번 할 수 있습니까? 여섯 번? 열 번? 일단, 열 번을 할 수 있다고 가정합시다. 그러면 2주

쯤 기다렸다가 다시 한 번 해보십시오. 아마 이번 역시 열 번일 것입니다. 그러나 당신이 지금 열 번을 할 수 있는데 내일부터 매일 쉬지 않고 연습한다면, 2주일 후의 결과는 어떨까요? 아마 20개, 30개, 50개 혹은 그 이상이 될 수 있을 것입니다.

전보다 더 할 수 있는 이유가 무엇이겠습니까?

그것은 매일 연습을 통해 당신의 팔과 어깨의 근육이 좀 더 강해지기 때문입니다. 당신은 날마다 조금 더 강한 자극에 견뎌낼 수 있도록 그 근육들을 단련시키는 것입니다.

이와 같이 우리 삶을 업그레이드 할 수 있는 '알아차림', '빛의 선택', '몰입과 즐김', '감사와 자비', '시간 관리', '실천력'의 근육들을 단련할 수 있습니다.

당신은 이 두루마리를 읽어 나가면서 실천한 것을 매일 〈성공 기록표〉를 작성하여 기록하십시오. 이것은 하루 중에 두루마리 읽은 횟수와 내용 실천 여부를 확인하는 도구입니다.

이 〈성공기록표〉는 '매일의 반성'을 하기 위해 꼭 필요합니다. 이러한 '매일의 반성'은 벤저민 프랭클린이 지적하듯이 좋은 습관을 형성하는 데 절대적으로 필요합니다.

매일 자기 전에 당신이 그날 두루마리를 몇 번 읽었는지, 그리고 그 두루마리의 원칙에 따라 얼마나 잘 수행했는지를 기록하십시오. 잘 못했을 경우에는 점수 칸에 숫자 0을, 보통의 경우 1

을, 잘했을 경우에는 2를, 그리고 뛰어나게 잘했을 경우에는 3을 기입하십시오. 기록은 솔직하고 정직하게 하십시오.

당신에게 한 가지 비밀을 알려 드리도록 하겠습니다. 두루마리 실천을 기록하는 것은 너무나도 쉽고 간단하지만 얼마 지나지 않아 많은 사람이 쉽게 포기합니다. 초등학생의 숙제와 같은 이러한 사소한 기록으로 무엇을 이룰 수 있겠느냐 하고 말이지요. 그러나 끝까지 포기하지 마십시오.

일기를 쓰는 것은 하루를 두 번 사는 것입니다. 하루의 실천사항을 기록하는 습관은 우리에게 매일 깨어 있는 의식으로 살아가게 해줍니다. 그리하여 우리가 나태하도록 내버려두지 않습니다.

그러나 규칙적인 자기반성 없는 대부분의 사람은 자신이 얼마나 하루를 허무하게 살고 있는지조차 모르고 살아가고 있습니다. 그리하여 정신의 팔굽혀펴기, 성공과 행복의 근육을 단련하지 못하는 것입니다.

자, 오늘이 바로 두루마리를 읽는 첫날입니다! 특히 매 두루마리 앞뒤에 있는 다음 구절을 명심하고 실천하기 바랍니다.

어떤 행위든 '알, 빛, 집'할 때 최선의 행위가 된다.
나는 '알, 빛, 집'으로 지금 이 순간을 내 인생 최고의 순간으로, 오늘을 내 인생 최고의 날로 만든다.

나는 매 행위 전후에 빛 호흡 명상을 실천한다.

2. 두 번째 두루마리: 알아차림

어떤 행위든 '알, 빛, 집'할 때 최선의 행위가 된다.

나는 '알, 빛, 집'으로 지금 이 순간을 내 인생 최고의 순간으로, 오늘을 내 인생 최고의 날로 만든다.

나는 매 행위 전후에 빛 호흡 명상을 실천한다.

나는 매사에 알아차린다!

나는 매일 아침 눈뜨는 순간 깨어났음을 알아차린다.

맨 처음 알아차리고 빛 호흡 명상을 실시한다.

감사의 빛

숨을 들이쉬면서, 내 마음의 평화

숨을 내쉬면서, 내 얼굴에 미소

자애의 빛

숨을 들이쉬면서, 모든 존재가

숨을 내쉬면서, 행복하기를

자각과 축복의 빛

숨을 들이쉬면서, 지금 이 순간

숨을 내쉬면서, 내 생애 최고의 순간

나는 매사에 알아차린다!

나는 수시로 호흡을 알아차리고, 그 순간의 느낌, 감정, 생각,

행동을 알아차린다.

나는 세수할 때 알아차린다.

나는 식사할 때 알아차린다.

나는 운전할 때 알아차린다.

나는 대화할 때 알아차린다.

나는 독서할 때 알아차린다.

나는 컴퓨터 할 때 알아차린다.

나는 일할 때 알아차린다.

나는 매사에 알아차린다!

나는 걸을 때 걷고 있음을 알아차린다.

나는 달릴 때 달리고 있음을 알아차린다.

나는 앉아 있을 때 앉아 있음을 알아차린다.

나는 누워 있을 때 누워 있음을 알아차린다.

나는 매사에 알아차린다!

나는 좋아할 때나 싫어할 때 알아차린다.

나는 기쁠 때나 슬플 때 알아차린다.

나는 화의 싹이 발생하는 순간 알아차린다.

나는 욕하려는 순간 알아차린다.

좋아하는 것이 탐욕으로 변하기 전에 알아차리고

싫어하는 것이 증오로 변하기 전에 알아차린다.

나는 매사에 알아차린다!

나는 늘 '세상에 영원한 것은 아무것도 없다'는 것을 알아차린다.

나는 몸과 마음은 수시로 변하며 영원불변한 참 나가 아님을 알아차린다.

나는 집착은 모든 고통의 원인임을 알아차린다.

나는 매사에 알아차린다!

삶은 기적이며, 알아차리는 삶은 최고의 기적이다.

나는 잠자기 직전에 알아차리고 빛 호흡 명상을 한다.

어떤 행위든 '알, 빛, 집'할 때 최선의 행위가 된다.

나는 '알, 빛, 집'으로 지금 이 순간을 내 인생 최고의 순간으로, 오늘을 내 인생 최고의 날로 만든다.

나는 매 행위 전후에 빛 호흡 명상을 실천한다.

3. 세 번째 두루마리: 빛의 선택

어떤 행위든 '알, 빛, 집'할 때 최선의 행위가 된다.

나는 '알, 빛, 집'으로 지금 이 순간을 내 인생 최고의 순간으로, 오늘을 내 인생 최고의 날로 만든다.

나는 매 행위 전후에 빛 호흡 명상을 실천한다.

나는 매사에 빛의 선택을 한다!

나는 매 순간의 선택이 삶을 좌우한다는 것을 안다.

나는 눈 뜨는 순간 빛 호흡 명상을 선택한다.

감사의 빛

숨을 들이쉬면서, 내 마음의 평화

숨을 내쉬면서, 내 얼굴에 미소

자애의 빛

숨을 들이쉬면서, 모든 존재가

숨을 내쉬면서, 행복하기를

자각과 축복의 빛

숨을 들이쉬면서, 지금 이 순간

숨을 내쉬면서, 내 생애 최고의 순간

나는 매사에 빛의 선택을 한다!

나는 매 순간 선택의 자유를 발휘하여 어둠이 아니라 빛을 선택한다.

나는 최악의 상황에서도 빛을 선택하여 최선의 상황으로 바꾼다.

나는 매사에 빛의 선택을 한다!

나는 저항 대신 수용을 선택한다.

나는 저주 대신 용서를 선택한다.

나는 질투 대신 칭찬을 선택한다.

나는 부정 대신 긍정을 선택한다.

나는 미움 대신 사랑을 선택한다.

나는 분리 대신 합일을 선택한다.

나는 짜증 대신 이해를 선택한다.

나는 초조 대신 평정을 선택한다.

나는 분노 대신 자비를 선택한다.

나는 교만 대신 겸손을 선택한다.

나는 비굴 대신 당당함을 선택한다.

나는 나약함 대신 강인함을 선택한다.

나는 게으름 대신 성실함을 선택한다.

나는 미룸 대신 즉시 실행을 선택한다.

나는 매사에 빛의 선택을 한다!

나는 지속적인 빛의 선택으로 영혼이 빛나는 사람이 된다.

나는 잠자기 직전에 빛 호흡 명상을 선택한다.

어떤 행위든 '알, 빛, 집'할 때 최선의 행위가 된다.

나는 '알, 빛, 집'으로 지금 이 순간을 내 인생 최고의 순간으로, 오늘을 내 인생 최고의 날로 만든다.

나는 매 행위 전후에 빛 호흡 명상을 실천한다.

4. 네 번째 두루마리: 집중

어떤 행위든 '알, 빛, 집'할 때 최선의 행위가 된다.

나는 '알, 빛, 집'으로 지금 이 순간을 내 인생 최고의 순간으로, 오늘을 내 인생 최고의 날로 만든다.

나는 매 행위 전후에 빛 호흡 명상을 실천한다.

나는 매사에 몰입하고 즐긴다!

나는 매일 눈 뜨는 순간 빛 호흡 명상에 몰입하고 즐긴다.

감사의 빛
숨을 들이쉬면서, 내 마음의 평화
숨을 내쉬면서, 내 얼굴에 미소

자애의 빛
숨을 들이쉬면서, 모든 존재가
숨을 내쉬면서, 행복하기를

자각과 축복의 빛
숨을 들이쉬면서, 지금 이 순간
숨을 내쉬면서, 내 생애 최고의 순간

나는 매사에 몰입하고 즐긴다!
나는 결과에 집착하지 않고 과정에 몰입하고 즐긴다.

나는 매사에 몰입하고 즐긴다!
나는 운전할 때 몰입하며 즐긴다.
나는 일할 때 몰입하며 즐긴다.
나는 쉴 때 여유를 즐긴다.
나는 독서할 때 몰입하며 즐긴다.

나는 대화할 때 몰입하며 즐긴다.

나는 운동할 때 몰입하며 즐긴다.

나는 매사에 몰입하고 즐긴다!

나는 하기 싫을 때에도 '이 일이 즐겁다', '이 일을 좋아한다'고 생각하며 몰입하며 즐긴다.

나는 매사에 몰입하고 즐긴다!

나는 감각에 몰입하고 즐긴다.

세수할 때 물소리를 즐긴다.

나는 식사할 때 맛과 향기, 분위기를 즐긴다.

운전할 때 시동소리도 즐긴다.

치과에서 이를 뽑는 고통의 순간도 몰입하고 즐긴다.

나는 골칫거리들이 널려 있어도 지금 이 순간 몰입하고 즐긴다.

나는 매사에 몰입하고 즐긴다!

몰입에 즐김이 없으면 진정한 집중이 아니다!

나는 잠자기 직전에 빛 호흡 명상에 몰입하고 즐긴다.

어떤 행위든 '알, 빛, 집'할 때 최선의 행위가 된다.

나는 '알, 빛, 집'으로 지금 이 순간을 내 인생 최고의 순간으로, 오늘을 내 인생 최고의 날로 만든다.

나는 매 행위 전후에 빛 호흡 명상을 실천한다.

5. 다섯 번째 두루마리: 절대 긍정

어떤 행위든 '알, 빛, 집'할 때 최선의 행위가 된다.

나는 '알, 빛, 집'으로 지금 이 순간을 내 인생 최고의 순간으로, 오늘을 내 인생 최고의 날로 만든다.

나는 매 행위 전후에 빛 호흡 명상을 실천한다.

나는 매사에 절대 긍정한다!

산다는 것 자체가 축복이다.

인간으로 태어난 것이 이미 성공이며, 건강하게 사는 것이 이미 행복이다.

나는 매사에 절대 긍정한다!

만사는 일어나야 할 대로 일어나고 있다.

모든 일은 되어야 할 대로 되어가고 있다.

나는 무슨 일이 일어나든 절대 걱정하지 않는다.

나는 무슨 일이 일어나든 점점 더 좋아지고 있다고 확신한다.

나는 매사에 절대 긍정한다!

나는 지금 이 순간을 허용한다.

나는 지금 이 순간을 긍정한다.

나는 지금 이 순간을 신선하게 설렘으로 맞이한다.

나는 매사에 절대 긍정한다!

삶이란 불완전하기 때문에 아름답다.

절대 긍정이란 어떤 상황도 'it's ok' 하고 받아들이고 즐기면서 내 생애 최고의 순간으로 만드는 삶의 연금술이다.

나는 매사에 'it's ok' 하며 즐긴다!

고통스런 상황도 일단 'it's ok' 하며 즐긴다.

힘든 상황도 일단 'it's ok' 하며 즐긴다.

불안한 상황도 일단 'it's ok' 하며 즐긴다.

기분 나쁜 상황도 일단 'it's ok' 하며 즐긴다.

짜증나는 상황도 일단 'it's ok' 하며 즐긴다.

귀찮은 상황도 일단 'it's ok' 하며 즐긴다.

불편한 상황도 일단 'it's ok' 하며 즐긴다.

지루한 상황도 일단 'it's ok' 하며 즐긴다.

어색한 상황도 일단 'it's ok' 하며 즐긴다.

찜찜한 상황도 일단 'it, ok'하며 즐긴다.

초조한 상황도 일단 'it's ok' 하며 즐긴다.

난처한 상황도 일단 'it's ok' 하며 즐긴다.

황당한 상황도 일단 'it's ok' 하며 즐긴다.
급박한 상황도 일단 'it's ok' 하며 즐긴다.

나는 매사에 절대 긍정한다!
나에게 위기, 문제는 없다. 다만 기회가 있을 뿐이다.
문제가 생기면 더 좋다. 왜냐하면 문제를 즐기면서 풀면 더 성장할 수 있다.

어떤 행위든 '알, 빛, 집'할 때 최선의 행위가 된다.
나는 '알, 빛, 집'으로 지금 이 순간을 내 인생 최고의 순간으로, 오늘을 내 인생 최고의 날로 만든다.
나는 매 행위 전후에 빛 호흡 명상을 실천한다.

6. 여섯 번째 두루마리: 절대 감사

어떤 행위든 '알, 빛, 집'할 때 최선의 행위가 된다.
나는 '알, 빛, 집'으로 지금 이 순간을 내 인생 최고의 순간으로, 오늘을 내 인생 최고의 날로 만든다.
나는 매 행위 전후에 빛 호흡 명상을 실천한다.

나는 매사에 절대 감사한다!

오늘 하루 다이아몬드보다 더 소중한 24시간이라는 선물에 감사한다.

지금 이 순간 살아 숨 쉬고 있음에 감사한다.

지금 이 순간 알아차리고 있음에 감사한다.

나는 매사에 절대 감사한다!

나는 내 모든 신체가 건강함에 감사한다.

나는 볼 수 있는 눈이 있음에 감사한다.

나는 들을 수 있는 귀가 있음에 감사한다.

나는 말할 수 있는 입이 있음에 감사한다.

나는 걸을 수 있는 다리가 있음에 감사한다.

나는 매사에 절대 감사한다!

나는 사랑하는 가족이 있음에 감사한다.

나는 사랑하는 부모님이 있음에 감사한다.

나는 사랑하는 아내(남편)가 있음에 감사한다.

나는 사랑하는 자녀가 있음에 감사한다.

나는 매사에 절대 감사한다!

나는 쉴 수 있는 집이 있음에 감사한다.

나는 오늘 나에게 주어진 한 끼의 식사와 한 벌의 옷에 감사한다.

나는 일할 수 있는 직장이 있음에 감사한다.

나는 공부할 수 있음에 감사한다.

나는 읽을 수 있는 책과 쓸 수 있는 노트와 펜이 있음에 감사한다.

나는 매사에 절대 감사한다!

나는 나에게 주어진 고통에 대해서도 감사한다.

나는 나에게 주어진 시련에 대해서도 감사한다.

나는 나에게 주어진 비난에 대해서도 감사한다.

나는 나에게 주어진 장애에 대해서도 감사한다.

나는 이러한 역경에도 감사하며 집중하는 나에게 감사한다.

나는 매사에 절대 감사한다!

나는 나를 가슴 뛰게 하는 꿈과 목표가 있음에 감사한다.

나는 나눔을 실천하는 나에게 감사한다.

나는 오늘 하루 '알, 빛, 집'을 실천했음에 감사한다.

어떤 행위든 '알, 빛, 집'할 때 최선의 행위가 된다.

나는 '알, 빛, 집'으로 지금 이 순간을 내 인생 최고의 순간으로, 오늘을 내 인생 최고의 날로 만든다.

나는 매 행위 전후에 빛 호흡 명상을 실천한다.

7. 일곱 번째 두루마리: 절대 자애

어떤 행위든 '알, 빛, 집'할 때 최선의 행위가 된다.

나는 '알, 빛, 집'으로 지금 이 순간을 내 인생 최고의 순간으로, 오늘을 내 인생 최고의 날로 만든다.

나는 매 행위 전후에 빛 호흡 명상을 실천한다.

나는 매사에 절대 자애로 대한다!

나는 존재하는 모든 것은 서로 연결되어 있음을 안다.

나는 모든 생명이 행복을 추구하고 고통을 싫어한다는 것을 안다.

나는 모든 사람이 평등하다는 사실을 안다.

나는 누구든 비교, 평가를 중지하고 있는 그대로 받아들인다.

나는 매사에 절대 자애로 대한다!

나는 만물을 애정 어린 마음과 따뜻한 시선과 미소로 바라본다.

나는 세상만물을 '이것'이 아니라 '그대'라 부른다.

나는 매사에 절대 자애로 대한다.

나는 만나는 모든 사람에게 자애의 빛을 보낸다.

나는 만나는 모든 사람에게 밝은 미소를 보낸다.

나는 어떤 경우라도 사람을 경멸하지 않는다.

나는 어떤 경우라도 사람을 비난하지 않는다.

나는 어떤 경우라도 사람을 질투하지 않는다.

나는 매사에 절대 자애로 대한다!

나는 상대방의 단점이 아닌 장점에 집중하며, 그 사람의 잠재된 장점도 찾아낸다.

나는 상대방의 모든 잠재력이 발휘되어 그가 성공하고 행복한 모습을 그려본다.

나는 그 사람의 꿈이 이루어졌을 때의 모습으로 그를 대한다.

나는 진심으로 상대방을 칭찬하고 격려한다.

나는 칭찬을 통해 적을 친구로, 친구를 형제로 만든다.

나는 매사에 절대 자애로 대한다.

나는 모든 문제 해결에 사랑이 담긴 방법이 최선임을 안다.

나는 문제가 발생할 때 '이 상황에서 어떻게 하면 더 많이 자애와 사랑을 베풀 수 있을 까?'를 생각한다.

나는 매사에 절대 자애로 대한다!

나는 기회 있을 때마다 '감사합니다!'를 표현한다.

나는 기회 있을 때마다 '고맙습니다!'를 표현한다.

나는 매사에 절대 자애로 대한다.

이제부터 나는 모든 인간을 사랑한다.

사랑하기에도 짧은 인생, 미워할 시간이 없으므로 이제부터 나의 증오는 나의 혈관으로부터 깨끗이 사라지고 다만 사랑만이 가득 차 있다.

나는 매사에 절대 자애로 대한다.

이제부터 나는 모든 것을 사랑의 눈으로 본다. 내가 다시 태어났다는 것은 모든 것을 사랑의 눈으로 본다는 것이다.

어떤 행위든 '알, 빛, 집'할 때 최선의 행위가 된다.

나는 '알, 빛, 집'으로 지금 이 순간을 내 인생 최고의 순간으로, 오늘을 내 인생 최고의 날로 만든다.

나는 매 행위 전후에 빛 호흡 명상을 실천한다.

8. 여덟 번째 두루마리: 잠재력 개발

어떤 행위든 '알, 빛, 집'할 때 최선의 행위가 된다.

나는 '알, 빛, 집'으로 지금 이 순간을 내 인생 최고의 순간으로, 오늘을 내 인생 최고의 날로 만든다.

나는 매 행위 전후에 빛 호흡 명상을 실천한다.

나는 자연의 위대한 창조물이다!

유사 이래 눈이나 귀, 손과 발이 나와 꼭 같은 사람은 없었다.

나와 똑같이 걷고, 말하고, 생각한 사람은 이전에도, 현재에도, 앞으로도 없을 것이다.

나는 자연의 유일한 창조물이다!

존재하는 모든 것은 다 이유가 있어 존재한다.

나도 태어난 고유한 존재 이유가 있으며, 그것은 나의 잠재능력의 최대한 발현이다. 만일 나의 정신과 마음, 육체와 능력들을 그냥 두면 침체되어 썩고 만다. 그래서 나의 무한한 가능성을 포기하지 않고 반드시 실현시킨다.

나는 자연의 위대한 창조물이다!

다이아몬드는 석탄덩어리가 자연의 계속된 단련으로 변한 것이다.

마찬가지로 나 자신도 지속적인 단련으로 나 자신의 존재를 석탄덩어리에서 다이아몬드로 변환시킨다.

나는 자연의 위대한 창조물이다!

나는 목동에 의하여 이끌리는 양이 아니라 밀림을 질주하는 사자처럼 산다.

나는 어항 속에 돌아다니는 금붕어가 아니라 넓은 바다를 넘나드는 고래처럼 산다.

나는 땅 위를 폴짝폴짝 뛰어다니는 병아리가 아니라 창공을 가로지르는 독수리처럼 산다.

나는 자연의 위대한 창조물이다!

나의 마음속에는 적극적이고 성공적인 삶으로 인도하는 강렬한 영혼의 불꽃이 타오르고 있다. 나는 무한한 가능성을 개발하기 위해 나의 개성과 장점에 집중하고 개발한다. 왜냐하면 개성과 장점이야말로 내가 앞으로 훌륭하게 전진할 수 있는 기반이기 때문이다.

나는 자연의 위대한 창조물이다!

'나는 누구인가?'라는 물음 못지않게 '나는 아직 누군가 될 수 있는가?'라는 물음도 중요하다.

나는 한 알의 모래알이 아니라 위대한 산처럼 살고 싶다. 그러기 위해 나의 모든 잠재력을 개발하기 위해 끊임없이 노력한다.

나는 성공을 위해 모든 능력들을 매일 단련하고 개선한다.

나는 품성을 개발하기 위해 매일 명상을 실천한다.

나는 육체의 건강을 위해 매일 운동을 실천한다.

어떤 행위든 '알, 빛, 집'할 때 최선의 행위가 된다.

나는 '알, 빛, 집'으로 지금 이 순간을 내 인생 최고의 순간으로, 오늘을 내 인생 최고의 날로 만든다.

나는 매 행위 전후에 빛 호흡 명상을 실천한다.

9. 아홉 번째 두루마리: 시간 관리

어떤 행위든 '알, 빛, 집'할 때 최선의 행위가 된다.

나는 '알, 빛, 집'으로 지금 이 순간을 내 인생 최고의 순간으로, 오늘을 내 인생 최고의 날로 만든다.

나는 매 행위 전후에 빛 호흡 명상을 실천한다.

나는 마치 오늘이 나의 최후의 날인 것처럼 오늘을 산다!

오늘도 하루라는 주머니 속에 24개 다이아몬드가 선물로 채워졌다.

오늘도 이 귀중한 선물을 돌멩이처럼 버리지 않고 보석보다 더 값지게 쓰는 생애 최고의 하루가 될 것이다.

나는 마치 오늘이 나의 최후의 날인 것처럼 오늘을 산다!

오늘이 내 생애 마지막 날이 될지 아무도 모른다.

나의 부모님이 언제까지 살아계실지 아무도 모른다.

나의 아내, 남편, 아이들이 언제까지 내 곁에 머물지 아무도 모른다.

지금 이 순간 가장 소중한 일을 하라. 그렇지 않으면 영원히 그 일을 할 수 없을지 모른다.

그러므로 다짐하고 실천하라!

지금 이 순간을 항상 내 생애 최고의 순간으로 만들어라!

나는 마치 오늘이 나의 최후의 날인 것처럼 오늘을 산다!

나는 매일, 매월, 매년, 나아가서는 내 평생의 목표를 설정한다.

오늘 하루도 수단이 아니라 삶의 목표실현의 날이다. 매사 감사하고 자비를 베풀면서 몰입하고 즐긴다.

나는 마치 오늘이 나의 최후의 날인 것처럼 오늘을 산다!

오늘 해야 할 일의 우선순위를 정하고 철저히 순위대로 실천한다.

중요한 일을 먼저 하고 사소한 일을 나중에 한다.

급하지 않으나 중요한 독서, 운동, 감사 자비 명상, 능력개발 등이 최우선순위이다.

나는 마치 오늘이 나의 최후의 날인 것처럼 오늘을 산다!

나는 미루지 않고 즉각 실천한다.

미루는 것은 자기기만이며 실패를 보장하는 것이다.

불쾌한 일, 하기 싫은 일을 처리하는 최선의 방법은 즉각 해버리는 것이다.

하기 힘들어도 용감하게 오늘 할 수 있을 때 내일 더 잘하게 된다.

매사에 마감시간을 정해 일의 집중도를 높인다.

나는 오늘이 마치 나의 최후의 날인 것처럼 오늘을 산다!

나는 거절하는 능력을 발휘한다.

거절하지 못하면 주도성을 갖지 못하고 일의 우선순위를 지킬 수 없다.

하늘을 나는 독수리는 지상 동물의 평가에 개의치 않는다.

남의 평판을 두려워하지 않고 진정 원하지 않으면 정중하게 거절한다.

나는 오늘이 마치 나의 최후의 날인 것처럼 오늘을 산다!

나는 현재에 몰입하고 즐긴다. 이 순간만이 내가 가지고 있는 전부이다.

죽어 가는 사람이 그의 전 재산을 내놓아도 한 순간도 살 수 없다.

나는 오늘의 한 순간이라도 두 손으로 사랑의 마음으로 꼭 붙잡는다.

나는 마치 오늘이 마지막 날인 것처럼 오늘을 산다!

최선을 다한 저녁, 만약 오늘이 내 최후의 날이 아니고 내일이 남아 있다면 무릎을 꿇고 감사의 기도를 드린다.

　어떤 행위든 '알, 빛, 집'할 때 최선의 행위가 된다.
　나는 '알, 빛, 집'으로 지금 이 순간을 내 인생 최고의 순간으로, 오늘을 내 인생 최고의 날로 만든다.
　나는 매 행위 전후에 빛 호흡 명상을 실천한다.

10. 열 번째 두루마리: 실천력

　어떤 행위든 '알, 빛, 집'할 때 최선의 행위가 된다.
　나는 '알, 빛, 집'으로 지금 이 순간을 내 인생 최고의 순간으로, 오늘을 내 인생 최고의 날로 만든다.
　나는 매 행위 전후에 빛 호흡 명상을 실천한다.

　나는 이제 실천한다!
　인생은 움츠리고 있기에는 너무나 짧다.
　인생의 위대한 종착점은 지식이 아니라 행동이다.
　알고도 행위 하지 않으면 실은 모르는 것이다.
　아무리 나의 꿈이 화려하고, 나의 목표가 높고, 나의 계획이 치밀하더라도 실천에 옮기지 않으면 그것은 몽상이다.
　아는 것이 힘이 아니라 행하는 것이 힘이다.

실력이 힘이 아니라 실적이 힘이다.

사고만 하는 자는 망해도 행동하는 자는 산다.

행동하는 평범한 사람은 행동하지 않는 위대한 사람보다 더 많이 성취한다.

나는 이제 실천한다!

망설이지 말라. 불완전하더라도 일단 시작하는 것이 앞서는 것이다.

파티에서 그녀(그)에게 춤을 청하지 않은 것은 그녀(그)에게 거절당한 것과 같다.

'노력해보겠다', '최선을 다 하겠다'가 아니라 '반드시 해 내겠다'가 중요하다.

나는 이제 실천한다!

지금 한다!

반드시 한다!

될 때까지 한다!

실천! 이것이야말로 이 두루마리, 나의 꿈, 나의 목표, 계획에 생동감을 불러일으키는 부싯돌이다.

행동이야말로 나의 성공의 원동력이다.

행동을 지연시키는 요인은 두려움이다. 이제 나는 과감한 실천으로 어떠한 두려움도 극복할 수 있음을 명심한다.

나는 이제 실천한다!

이제부터 나는 날개를 움직여 행동할 때만 빛을 발산하는 반딧불처럼 끊임없이 행동하고 실천한다.

다른 모든 나비들이 꽃을 찾아다니며 즐기는 동안. 나는 슈퍼 반딧불이 되어 내 빛으로 온 세상을 두루 밝힌다.

나는 이제 실천한다!

나는 지금 실천에 옮긴다! 비록 나의 행위가 행복과 성공을 가져오지 못한다고 하더라도생각만 하다가 실패하는 것보다는 일단 해보고 실패하는 편이 낫기 때문이다.

나는 이제 실천한다!
나는 이제 실천한다!
나는 이제 실천한다!

나는 이 말을 계속해서 반복한다. 나는 다른 모든 실패자들이 아직도 자고 있는 동안에 일어나 침대에서 뛰어나오면서 이 말을 한다.

문이 닫혀 있다고 해서 다른 실패자들이 두려움과 당황함으로 밖에서 기다릴 동안 나는 외치면서 과감히 문을 두드린다.

나는 지금 당장 실천한다!
바로 지금이다. 바로 여기다. 바로 나다.

이제 나는 실천한다!

어떤 행위든 '알, 빛, 집'할 때 최선의 행위가 된다.
나는 '알, 빛, 집'으로 지금 이 순간을 내 인생 최고의 순간으로, 오늘을 내 인생 최고의 날로 만든다.
나는 매 행위 전후에 빛 호흡 명상을 실천한다.

참고한 책들

고엔카, 인경 역, 『단지 바라보기만 하라』, 경서원, 1990

김지호, 『빛의 창조』, 삶과 꿈, 2006

론다 번, 김우열 역, 『시크릿』, 살림, 2007

류영모, 『다석 마지막 강의』, 교양인, 2010

류태영, 『꿈과 믿음이 미래를 결정한다』, 국민일보, 2007

래리 로젠버그, 미산 역, 『일상에서의 호흡명상』, 한언, 2006

마이크 로빈슨, 노지양 역, 『좋은 것에 집중하라』, 위즈덤 하우스, 2009

묘원, 『물 위에 떠 있는 공처럼』, 행복한 숲, 2009

문숙, 『문숙의 자연치유』, 이미지박스, 2010

미즈노 남보쿠, 권세진 역, 『절제의 성공학』, 바람, 2006

비담 젤란드, 박인수 역, 『리얼리티 트랜스핑 1, 2, 3』, 정신세계사, 2009

윌리엄 하브리첼, 유영 역, 『생의 모든 순간을 사랑하라』, 브리즈, 2007

에크하르트 툴레, 노혜숙 외 역, 『지금 이 순간을 살아라』, 양문, 2001

전광, 『평생 감사』, 생명의 말씀사, 2007

조셉 머피, 이경남 역, 『마음수업』, 청림출판, 2010

짐 로허, 토니 슈워츠, 유영만 외 역, 『몸과 영혼의 에너지 발전소』, 한언, 2006

하마구치 나오타, 박재현 역, 『세계 리더들이 전하는 위대한 조언』, 프롬북스, 2010

함규정, 『감정을 다스리는 사람 감정에 휘둘리는 사람』, 청림출판, 2010

키리아코스 C. 마르키데스, 이균형 역, 『지중해의 성자 다스칼로스 1, 2, 3』, 정신세계사, 2008

틱낫한, 이창희 역, 『살아 있는 지금 이 순간이 기적』, 부거진, 2008